Märchen sind Frauen

Für die Frauen, denen ich begegnet bin
und für die,
denen ich gern begegnen würde.

Ilsa Knoll
Märchen sind Frauen

Alle Rechte bei der Autorin
Herstellung: Books on Demand GmbH, Norderstedt
ISBN 3-8330-0589-0

Inhalt

Vorwort

Wer liebte sie nicht als Kind. Die Märchen. Ich auch. Dieses Hineingehen, Herumstehen, Entdecken, Mitfiebern und Mitleiden. Und endlich die Klarheit der Erlösung. Das befreite Hinausgehen.

Frauen s i n d Märchen.
Sie sind nicht w i e Märchen.
Männer hätten sie gern: die Märchenfee, die Traumfrau. Die schöne, vollkommene, immer für sie da. Für wen?
Wir selbst wären sie manchmal gern. Für kurze Zeit. Dann hätten wir genug. Würden uns langweilen. Wüßten, daß die Wirklichkeit echter Frauen anders aussieht.

Will man ein Märchen lesen, ohne sich zu langweilen, so sollte man auf gut Glück eine Seite aufschlagen, und es weglegen, wenn man Interessantes gefunden hat, um nachzudenken.

Ich bin sechzig. Neunundfünfzig Jahre hoffte ich: Jetzt kommt er, der Zeitpunkt der Ruhe, der Erfüllung, der Weisheit. Als er nicht kam, dachte ich: Wann kommt er endlich? Er muß doch kommen. Er kam nicht. Die Einsicht kam:

Mein Leben ist ein Abenteuer. Ein Fluß. Er kommt von da und zielt nach dort. Vorbei an immer neuen Ufern, unbekannten Ereignissen, unterschiedlichen Tiefen und Höhen. Ich bin dabei. Mal am Rand, mal mittendrin, mal gut drauf.

Märchen sind wie Luft. Luft wird zum Wind. Der Wind läßt Lebensschiffe segeln.

Wer leidet, findet viel Leid in Märchen eingetragen. Und manchmal die Möglichkeit, es hinauszutragen.

Wenn ich ein Märchen zum zweiten Male lese, entdecke ich die Schmerzspuren, die es mir beim ersten Male zufügte.

Einzeln herausgegriffene Ratschläge aus Märchen kommen mir vor wie Räuber am Weg, die bewaffnet hervorbrechen und dem eigenen Leben die Überzeugung nehmen.

Märchen sind Frauen.

Frauen, die ihren Lebensweg mit einem Märchen identifizieren.

Die ihr Leben in Aufruhr und Spannung, Leid und Freude durchflogen, durchgingen oder durchlitten.

Frauen, die erwachsen und echt geworden sind, mögen und achten andere Frauen. Lernen von ihnen. Sind neugierig auf sie. Interessieren sich für sie. Stehen dabei nicht unter Konkurrenzdruck.

Märchen sind Frauen, durch welche andere Frauen etwas für ihr eigenes Leben erfahren. Männer auch, wenn sie wollen.

Ein Märchen ist breit- und tiefgründig, vorder- und hinterseitig. Weinen und Lachen, Tod und Auferstehung geschehen in- und nebeneinander.

Ich mache mich auf ins Märchenland der Frauen. Mit vielen spreche ich.

Die meisten sind zwischen vierzig und fünfundsechzig Jahren.

Ich will allen die gleiche Frage stellen: „Ist dein Leben ein Märchen?"

Dann denke ich, nein, das ist keine Frage, das ist Tatsache, denn Leben ist immer eine Sache der Tat.

Also sage ich: „Du bist ein Märchen." Und bitte sie, etwas dazu zu sagen .

Oft höre ich zuerst ein langgezogenes: O je ----O je. Was soll ich dazu sagen?

Und weiß gleich: Sie sieht ihr Leben nicht als Märchen.

Manche Antworten kommen zögernd: M e i n Leben ein Märchen? Nein, wirklich nicht.

Diese Frauen denken sofort an „märchenhaft, vergoldet, leidfrei, reines Glück." Das hat nun wirklich kein Leben zu bieten. Gott sei Dank.

Bei vielen spüre ich den Wunsch nach einem märchenhaften Leben. Oft die Sehnsucht: Da kommt einer, nimmt mir alle Schwierigkeiten ab, einer der mich liebt, wie ich bin.

Wie bin ich denn? Kenne ich mich?

Ich hätte es in einem solch märchenhaften Leben wohl kaum erfahren. Wieder: Gott sei Dank.

In Frauen steckt viel Angst vor Selbstentdeckung, viel Scheu vor Selbstoffenbarung. Typische Frauensichten: Sie halten sich für klein, und geben klein bei.

Sie fügen sich Maßstäben und Ansprüchen von irgendwo in dem Wissen, diese nie auch nur annähernd zu erfüllen. Fühlen sich deswegen schuldig. Merken nicht den Unterschied zwischen Schuldgefühlen und echter Schuld. Leiden.

Manche bleiben darin stecken. Wie in früheren Säuglingsfesselungen.

Im Selbstmitleid. Sie schieben die Abfindung ihres Lebens in die Tasche ohne neu zu investieren. Beim Sprechen sagen sie häufig: Man tut sein Bestes, man ist zufrieden.

Andere Frauen sagen spontan: Ja, ja, mein Leben i s t ein Märchen.

Nicht leicht. Aber immer wieder neu und spannend.

Ich kenne diese Frauen lachend und weinend im Auf und Ab.

Im Zurückerobern des Lachens und im Schwenken ihrer Lachfahne.

Sie sprechen von sich und sagen: Jch erlebe...... ich bin.......

Wer sich dem lebendigen Leben verweigert, wird selbst nicht lebendig.

Überbehütete, bevormundete Kinder erfahren nicht eigene Grenzen ihrer Kraft, entwickeln zu wenig kreative Lösungsmöglichkeiten. Noch weniger den freudigen Stolz danach.

Ich wußte viel zu lange nicht, daß Enttäuschungen nicht schlimm, Neuanfänge normal sind, und daß bei Streit nicht die ganze Welt zusammenbricht.

Ich wußte nicht, daß auch böse Kinder geliebt werden, weil ich mich für's Bravsein entschieden hatte. Da gab`s kein Risiko.

Ich lerne in den Gesprächen Frauen kennen, die die Erfolglosigkeit ihrer Kinder auf sich nehmen. Sie sagen mir sehr deutlich: „Du hast keine Kinder. Du verstehst das nicht." Ich meine die Kinder über fünfunddreißig. Sie bleiben Mutter, die Kinder Kinder. Mit Wäschewaschen, Kochen und Arbeitsuche.

Und immer mit Sorgen. „Mein Leben ein Märchen? Ich ein Märchen? Ach, Gott. Eine Mutter hat sich immer zu kümmern."

Erschüttert bin ich, wie viele Frauen meines Alters von „Altlasten" gedrückt und bedrückt sind. Sie kämpfen, nehmen therapeutische Hilfe in Anspruch.

Schmerz-Spuren bleiben, vernarben nicht. Ohne-Vater-Mutter-Generation.

Gefühl-Null-Generation. Zuwendung- und Ich-Stärkung-Fremd-Generation.

Sprachlosigkeit-Plus-Generation.

Noch viel zu wenigen gelingt der Sprung in eigenes Selbstwertgefühl, Selbstachtung und gesunde Selbstliebe. Rucksäcke werden geschleppt, wachsen an. Sind da.

Kinder übernehmen Lasten. Leben in gleichen Mustern. Die Vierziger- Frauen.

Die eigentlich freie Power-Frauen sein sollten. Nicht können. Vögelchen, die flügge sind, sollten losfliegen, in ihren eigenen Luftraum. Doch da hängt ein Haar an einem Füßchen, behindert den Freiflug. Dieses winzige Haar in der Lebenssuppe verdirbt den Appetit. Diese jungen Frauen haben Hunger und immer das Gefühl, nicht satt zu werden, etwas nachholen zu müssen.

Sie sind begabt, haben liebenswerte Partner, Kinder, beruflichen Erfolg, berühren mich in ihrer Liebenswürdigkeit. Noch zwei, drei Schritte, und sie werden den Schatz in sich finden. Märchen, die mich glücklich machen.

Frauen können beides:
Die Sonne in einen gelben Fleck verwandeln,
oder einen gelben Fleck in die Sonne verwandeln.
Die Entscheidung liegt bei ihnen selbst.

Ich kenne sie, die Frauen um sechzig, denen es gelingt, den gelben Fleck in die Sonne zu verwandeln. Ihr Leben ist genauso schwer, genauso bewegt, durch Ereignisse, Verluste, Leid und Freude, wie das ihrer Alterskolleginnen.

Sie tragen keinen Zauberstab in Händen, sind keine Prinzessinnen, und kein Prinz erlöste sie.

Es sind Frauen, die ihr Lebensschiff selbst durch ihr Lebensmeer steuern, die selbst bestimmen, wer mitfährt, und welche Versorgungsgüter an Deck gelangen. Die wissen, wo die Sonne steht, und wie die dunklen Kabinen unter Deck aussehen, die von einem ewigen Licht erleuchtet werden.

Keine „Hoppla-Frauen-hier sind wir".

Eher „Trotzdem-Frauen-wir kommen wieder".

Auf mein - „dein Leben ist ein Märchen" -
bekomme ich spontane Antworten: „Woher weißt du das?

Ja, das ist so. Mein Leben ist ein Märchen."

Einige fügen noch hinzu: Seit drei Jahren. Oder: Seit mein Krebs kam.

Oder: Seit ich mich weigere, meiner Mutter zu gehorchen. Oder: Seit ich mich nicht mehr von anderen abhängig mache....Oder: Seit meiner Scheidung....

Schwierigkeiten wurden zu Chancen.

Sechzigjährige Power-Frauen. Eine neue Generation.

Mit sechzig ans Alter denken. Klar. Das auch. Doch nicht nur.

Was ist Alter, denke ich. Passives, ungelebtes Leben? Endlich tun, wozu nie Zeit war? Selbstbetrug? Dann lieber gar nicht daran denken.

Schwachheit, Grenzen, nicht wissen was kommt, Einsamkeit, Verluste.

Mehr daran denken? Was wäre dann anders als in jüngeren Jahren?

Also keine Überbewertung im Drandenken. Nicht Angstlähmung und dann gefressen werden. Was ist alt und wer ist alt?

Meine Seele, mein Geist, meine Lust, meine Liebe, Nähe zu mir und anderen, Interessen, Lebendigkeit - sehr wohl im Alter möglich.

Warum also Alter vom gelebten Leben abtrennen? Ich denke nicht daran.

Ich kenne ganz alte Menschen, die sind sehr jung. Ich kenne junge Menschen,

die sind zwar nicht alt, aber lebendig erstarrt.

Märchenbücher sind Lebensbücher, die nicht altern. Sie lassen Frauen ihren inneren Reichtum fühlen.

Manche Frauen fühlen sich in einem bekannten, klassischen Märchen zuhause.

Andere entscheiden sich, ihr Märchen selbst zu erfinden. Märchen, die es noch nicht gibt.

Märchen sind Frauen.

Bei den Gesprächen mit den mir befeundeten Frauen denke ich anfangs:

Märchen sind wie eine sanfte Brise, da, um sie zu genießen.

Ich täusche mich.

Erlebe dann die Wahrheit:

Diese Märchen sind wie ein Spaten, mit dem ich mich umgrabe. Später ist nichts mehr wie es war.

Durch bloßes Lesen erwerbe ich keine Weisheit der Märchen. So wenig ich den guten Kuchen durch Lesen des Backrezeptes erhalte.

Ich esse mich hinein. Kaue ziemlich gründlich.

Bin plötzlich über ein Märchen erstaunt und überrascht. Es ist keine Schauergeschichte mehr, sondern ein Frauenleben.

Diese Ein-Seiten-Märchen bewirken manchmal mehr bei mir als ein Roman.

Die Frauen hüllen sich in die Märchen wie in einen geheimnisvollen Mantel.

Würden sie einen normalen Lebensbericht schreiben, könnten sich Rechtfertigungen, Eitelkeiten einschleichen.

Der Märchen-Mantel gibt ihren Wort-Füßen einen anderen Lauf-Grund. Die Frauen fühlen sich bedeckt, nicht nackt und beschämt.

Finden im anderen Gewand zu ihrer Wahrheit zurück.

Leid und Hoffnung, Schmerz und Freude erhalten Gestalt.

Das Geheimnis der Frauen wird nicht verraten. Sie finden vielleicht einen Zielpunkt, den sie vorher nicht kannten.

Im Diskutieren über Lebenwege verteidigen Menschen oft ihren eigenen Standpunkt. Schwieriger ist es, ihn überhaupt zu kennen. Das ermöglicht ein eigenes Märchen.

Märchen lassen das Zufällige weg, sind auf Wesentliches reduziert.

Sie sind schön, weil sie nicht Geschwätz sind, sondern Sprache. Die was zu sagen hat.

Nur wer ein eigenes Leben hat, hat auch ein eigenes Märchen.

Ein Märchen ist ein kurzer Text, der auf langen Erfahrungen beruht.

Nicht nur auf Geschehens-Erfahrungen. Ebenso auf Seins-Erfahrungen. Sie geben Tiefe.

Ihre direkte Botschaft liegt in Bildern, die leben. In Gedanken, die atmen.

In Worten, die brennen.

Die Selbst-Märchen haben therapeutische Wirkung.

Sind als eigenständiger Text auch ein Stück Literatur.

Barbara, Julia und Margareta sehen mir jetzt über die Schulter und nicken zustimmend.

Sie sind Psychotherapeutinnen, die ich gut kenne, schätze und mag.

Sie sind großartige Frauen, die nicht nur kompetent sind und arbeiten, sondern einen geheimnisvollen Lebens-Liebes-Quellen-Zugang besitzen.

Ich blinzle manchmal zu ihnen hinüber, zu diesen Weitgeistinnen.

Ich lerne aus den Märchen. So lerne ich Frauen näher kennen.

Merke, Frauen sind nicht nur gut oder schlecht. Sind nicht Kriegerinnen, die mit links Krisen und Schwierig-

keiten bestehen. Sie stecken in Problemen und Alltags-
pflichten. Wie alle Menschen.

Sie stellen sich dem Leben. Lösen Knoten auf.

Genug Geschichts- und Zeitzeugnisse zeigen Fähig-
keit, Tüchtigkeit und Standvermögen von Frauen in allen
Aufgabenbereichen.

Ich merke, nicht die Taten, sondern die Gefühle sind
gelähmt. Nicht die Ernte, sondern der Boden und die Saat
sind es, die lähmen.

Ihre Unterwürfigkeit, ihr Kleinsein, ihre andienernde
Haltung ist so vielen Frauen gar nicht bewußt.

Männern würde das so nie einfallen. Sie stehen seit
Jahrhunderten auf der Siegerseite. Frauen dagegen müssen sich jeden Millimeter Anerkennung erkämpfen. Im
persönlichen und im öffentlichen Bereich.

Frauen haben die Begabung, achtungsvoll mit Frauen
umzugehen. Sie können Frauen unterstützen und weiter-
bringen.

Frauen mit Verstand legen diesen oft weg, wenn sie
mit Männern zusammen sind. Warum eigentlich?

Ich hörte in den letzten Wochen genauer hin, wie
manche Frauen mit ihren Männern reden. Anders als mit
Partnern. Oft wie Herr und Dienerin.

Beispiele:

- Schatz, bist du bös, daß ich schwanger bin? Ich
hätte aufpassen sollen.....

- Ist es schlimm, daß der Kuchen angebrannt
ist?.........

- Ist es dir recht, wenn ich heute Abend weg-
gehe?......

- Du, sag, was kann ich tun, damit du mich wieder
magst?.......

- Sei wieder gut. Es kommt nicht mehr vor........
- Darf ich mir ein neues Kleid kaufen?........
- Könnte ich ausnahmsweise deinen Wagen haben?
Die Kinder haben so viel Gepäck......(Sie fährt
natürlich sonst mit dem kleineren...)
- Ich muß gehen. Mein Mann wartet sicher
schon......
- Spontan kann ich nicht zusagen. Da muß ich mei-
nen Mann fragen.....
- Wärst du so gut, ausnahmsweise den Mülleimer
mitzunehmen?........
- Entschuldige bitte, daß ich nicht aufgeblieben
bin.......
- Es tut mir leid, daß ich dein Hemd nicht schaffte,
ich war den ganzen Tag im Garten......

Alltagsgeflecht. Weniger geht es hier um kleine Dinge,
als um kleine Frauen.

Was ist mit ihnen los? Was machen sie? Was denken
sie?

Wie sehen sie sich? Was gestatten sie sich.......nicht?

Können Frauen tatsächlich nicht aus ihrer Jahrhun-
dertprägung der Unterwerfung aussteigen?

Wovor haben sie Angst?

Warum lassen sie sich entwerten?

Warum leiden sie so (gern)?

Warum sind sie so pflegeleicht?

Weil sie Männern gefallen wollen?

Verstehen sie überhaupt ihr Verhalten?

Haltung und Ver-Halten hängen zusammen. Auch
Fest-Halten.

Den Frauen jedenfalls wurde jahrhundertelang jeder
Halt ausgetrieben.

Ich hörte neulich eine Stellungnahme, die mir einleuchtete: Frauen mit mangelndem Selbstwertgefühl sind nicht krank oder Opfer. Sie sind höchst gesund. Tragen auf unsichtbaren Schultern die Ergebnisse jahrhundertelangen Patriarchats. Frauen der Geschichte, die sich davon befreiten, sind die Ausnahmen. Grenzen und Bollwerke sind geblieben. Oft scheinbar unüberwindliche.

Bleiben wir Frauen in der Opferrolle mit solcher Haltung im Kopf allein,
verwirren sich zuerst die Werte,
dann die Worte,
dann die Würde.

Frauen werden den negativen Mythos der Schlange nicht los, solange sie kriechen, sich winden und durchschlängeln, in geprägten Vorurteilen hängen bleiben.Z.B:

Warum sind Männer meist größer als Frauen?
Weil Frauen sowieso kleiner sind.

Ist eine Frau 1,80 m groß, ist sie in Wirklichkeit 1,65 m. Weil sie kleiner geboren wurde.

Wenn Mann und Frau gleich groß sind, verhält sich die Frau kleiner.

Aber, Achtung:
Frauen sind nicht kleiner, sie halten und machen sich kleiner. Das bleibt nicht so. Die meisten wissen es inzwischen.

Frauen um sechzig. Neue Power-Frauen. Mit dem Vorteil, nicht mehr Weibchen-Rollen spielen zu müssen. Diese mühsamen, bemutternden, versorgenden, verführenden, sich fügenden Rollen.

Frauen mit sechzig können in ihre reiche geistige Mutterschaft eintreten.

Sie können es sich leisten, sich freundlich anzunehmen, sie können Abhängigkeiten durchschauen, sie können aufhören, sich als Opfer von Fremdverschulden zu sehen.

Sie lieben es, ihr Leben selbst zu beantworten. Endlich.

„Die armen Männer" ..... So klingt es mir oft entgegen, wenn ich erzähle, daß ich über Frauen schreibe.

„Die armen Männer. Wieder einmal werden sie ausgeschlossen.

Weißt du nicht, daß sie sowieso schon verunsichert sind?

Sich gefährdet fühlen, wenn Frauen unter sich sind?"

Die armen Männer. Was tue ich ihnen an. Früher wäre ich schuldbewußt in mich gegangen. Hätte nachgeschaut, welches Monster in mir wohnt. Hätte meine Motiv-Beete umgegraben, geprüft, wo noch Platz wäre, Männer-Gerecht-Pflänzchen einzuwurzeln. Ihnen Trost eingeräumt. Ihre Situation erleichtert.

Ich mag Männer. Habe keine Probleme mit ihnen, wenn sie Menschen sind. Zerschmelze nicht aus Mitleid. Nicht mit ihnen und nicht mit Frauen. Warum auch?

Ich schreibe nicht gegen Männer. Ich schreibe von Frauen.

Außer geschichtlichen, politischen, sozialen und biologischen Ungleichheiten, (oder sind es Ungerechtigkeiten?), unterscheiden sie sich doch wirklich nicht voneinander. Oder?

Außer, daß Frauen für ihre Karriere mehr einbringen müssen, sind doch alle Chancen gleich, oder?

Männer müssen gut gekleidet, ehrgeizig und fit im Job sein. Frauen auch. Nur, daß sie dazu erotisch, weiblich, klug, familienorganisiert und karriereorientiert zu sein haben, wenn sie eine Chance haben wollen, - das ist doch eine Kleinigkeit, oder?

Frauen, die sich schätzen und achten, vermitteln sich Energie durch emotionale Intelligenz. Schon lange. Männer fangen damit an.

Frauen reden immer klarer über sich und ihre Gefühle. Einige Männer auch.

Je mehr sie es üben, desto leichter fällt es ihnen. Je mehr sie es tun, desto unentbehrlicher wird es ihnen.

Frauen fordern ihre Männer dazu immer mehr heraus. Einige Männer ziehen mit:

„Was du mir nicht sagst, kann ich nicht wissen."

„Wenn ich nicht höre, was d u meinst, nicht dein Chef oder deine Mutter, kommt es zu Fehleinschätzungen."

„Wenn d u d e i n e Wünsche nicht äußerst, wirst du über meine Geschenke immer wieder enttäuscht sein."

„Auch alte und eingefahrene Liebesverträge müssen überprüft und geändert werden. Ansprüche und Erwartungen in Frage gestellt. Nur Reden hilft."

„Zwischen Tür und Angel befindet sich der Fußabstreicher. Zu schade für unsere Worte. Wir haben Rede-Zeiten eingeführt. Die uns ge-Hören,

die uns be-Dienen, die uns be-Schenken."

„Worte, die ich nach innen richte, sind nur für mich. Worte, die ich an meinen Partner richte, sind für ihn und für mich."

„Was nicht ausgesprochen ist, bleibt unklar. Wo nachgefragt wird, entsteht mehr Klarheit."

Ein Unterschied im Reden und Ringen um Klarheit bei Frauen mit Frauen, bei Männern mit Männern, bei Frauen mit Männern?

Ich sehe Schwierigkeiten nur dort, wo das Wort keinen Eingang findet.

Sprachlosigkeit bedeutet Beziehungslosigkeit. Beziehung ohne Sprache stirbt.

Leben bedeutet, Worte suchen, finden, sprechen, hören, Worte wachsen lassen zu Geschehen.

Das kann jede, jeder. Wer will.

Hemmnisse, egal welcher Art, ob in Frauen oder Männern, sind vielfach, sind verständlich, sind letztlich überflüssig und unentschuldbar.

Ich will keine Frauen in den Himmel heben und keine Männer in die Hölle treten. Ich will über Menschen schreiben, die Frauen sind.

Wer weiß, vielleicht schreibt demnächst jemand über Menschen, die Männer sind, mit dem Titel „Märchen sind Männer."

Die meisten Namen und Orte in diesen „Märchen sind Frauen" habe ich geändert. Ich möchte die Frauen in ihrer direkten Umgebung damit schützen.

Bei den Frauen, deren Namen ich nicht änderte, fragte ich um Erlaubnis, Sie waren einverstanden, erkannt zu werden.

Hellas Märchen:
Die abgehauenen Hände

Ich bin keine Müllerstochter. Doch bin ich schön und fromm wie sie im Märchen war.

Vater und Mutter sind groß und stolz. Äußerlich. Innerlich sind sie arm.

Ohne Leben und Liebe. Gefüllt mit Haß.

Vater und Mutter wollten viel. Auch reich und angesehen werden.

Sie wurden es durch die Mächte des Teufels. Erkannten seine Tücke nicht.

Ließen sich auf ihn ein. Lebten ein Leben des Herrschens.

Sie merkten nicht, daß sie damit meine Lebenshände abschlugen. Mich lebensunfähig zurückließen.

Ich wollte auf keinen Fall, wie sie, mit dem Teufel zu tun haben. Darum konnte ich nicht bei ihnen wohnen bleiben. Lieber auf Hilfe und Barmherzigkeit wirklicher Menschen hoffen. Ich ging gerade noch rechtzeitig von ihnen weg.

Ganz allein.

Ich habe viel geweint und getrauert. Gegen das Händeabhauen konnte ich mich nicht wehren. Ich war zu klein und schwach. Unschuldig und unberührt.

Engel begleiteten mich auf meinem einsamen Weg.

Engel versorgten mich.

Engel weckten mein Gefühl, mein Spüren, meine Schmerzen.

Ich war unendlich schmerzenreich. Ich wurde eine schmerzensreiche Mutter.

Die Große Mutter, die Lebens-Mutter, handelte. Sie führte mich auf meinem Weg. Sie versorgte mich mit Nahrung.

So überlebte ich. Lernte von ihr den aufrechten Gang. Verweigerte, wie sie, unsinnigen Gehorsam.

Immer war ein Engel bei mir.

Auf der späteren Wanderschaft meines Lebens wuchsen mir die Hände nach.

Ich wurde heil. Ich wurde ganz. Ich wurde doch noch froh.

Ich lernte mich lieben. Später auch meinen Partner.

Auch mein Gemahl ging seinen einsamen Weg. Sieben Jahre in Geschäften. Sieben Jahre auf der Suche nach sich und uns, seiner Familie.

Dann fanden wir uns. Erkannten uns. Wir waren so glücklich über meine Rettung, die nachgewachsenen Hände.

Wir kehrten zurück in die Heimat unserer Liebe. Feierten Hoch-Zeit. Leben sie.

Und immer wieder sind die Engel da.

Ich tanze mit ihnen.

Es war einmal. Die abgehauenen Hände waren einmal.

Hella

Ich wehre mich gegen Hellas Märchen. Will nicht Schmerzen und Grausamkeit mit ihr in Verbindung bringen. Sie besteht darauf.

„Das ist mein Märchen: Die abgehauenen Hände."

„Kannst du den Titel nicht verändern? Positiv gestalten, von deinem Jetzt ausgehen?" Ich winde mich.

„Nein, was sagt schon der Titel: Die angewachsenen Hände. Die hat jeder.

Schreibe hinein, daß die Hände nachgewachsen sind. Auch wenn woanders ein Stück fehlt...."

Hella bekam vor ein paar Jahren Krebs. Unsicherheit und Hoffen begleiten sie, er möge sich nicht weiter ausbreiten.

Zweiundfünfzig Jahre ist sie. Eine temperamentvolle, lebendige Frau.

Auf dem Kopf lauter kleine, muntere Haarlöckchen.
Im Kopf ein fröhlicher, quirliger Gedankentanz.
Ihr häufiges Lachen ist weit zu hören.

Hella ist hell. Eine Frau mit Tiefgang, auf dem Weg ins Glück.
Auch in der Ehe. Miteinander und Zueinander. Die beiden längst erwachsenen Kinder gehen ihre eigenen Wege.

Bevor die Kinder kamen, arbeitete Hella als Grund- und Hauptschullehrerin.
Erlebte ihre Partnerschaft mit allen Höhen, Tiefen und Enttäuschungen.
Wie alle Frauen, die in sich nicht satt sind, von anderen Anerkennung und Bestätigung als Lebensbrot erwarten.
Heute arbeitet Hella zusammen mit ihrem Mann im eigenen Betrieb.

Hella bezieht Kraft und Fröhlichkeit aus ihrem Glauben. Sie tanzt ihn.
Die ganze Frau ist ein Tanz.
Ich sehe das staunend. Ich stehe den großen Kirchen eher skeptisch und kritisch gegenüber.
Hella fand in ihrer Kirchengemeinde die Nische, in der sie sich unbekümmert bewegt. Sich zu Hause fühlt.

Es berührt mich, wenn sie sagt: Ganz allein war ich beim Baden...heute kaufte ich mir etwas Schönes, nur für mich.....Ich versinke nicht mehr, wenn andere mich anstarren.....Ganz neue Erfahrungen!

Gehen wir zusammen essen, geizen wir nicht damit, uns zu sagen, wie schön das ist, wie wir uns schätzen.

Hella, deine abgehauenen Hände, deine Ersatzsilberhände, deine f a s t angewachsenen Hände, deine Kindheit!

Die Zeit des 1000-jährigen Teufelsreiches mit seinen 1000-fältigen Teufelsfratzen verursachte 1000 Jahre Höllenqualen, die auch in vier Generationen nicht heilen werden.

Hellas Mutter wollte den gutaussehenden, großen Arier. Den hohen SS - Offizier. Sie wurde rasch schwanger. Es wurde geheiratet.

Niemand bereitete Hella auf ein Leben in Verachtung, Beherrschen und Unterdrücken vor. Gehorsam in der Familienfront wurde gefordert.

Dazu war sie n u r ein Mädchen. Das galt nichts. Autoritäre Behandlung erfuhr sie von beiden Elternteilen.

Ich frage mich: Welche ewigen Lebenskräfte sind es, die ein Kind bewahren? Welche tiefen Zuflüsse und Engel sind da Schutz? Welche Entscheidungsprozesse für ein Trotzdem-Leben finden da statt?

Ich weiß, daß sie da sind, die Wurzeln des Seins greifen tiefer, als der Verstand begreift.

Hella lebt. Hella beschuldigt nicht. Hella ist hell.

Ich staune, wieder einmal.

Bekam Hella als Kind beim Abtrocknen ein Messer in die Hand, dachte sie jedesmal: Ich bringe den Mann um! Sie meinte ihren Vater.

Als die Eltern altern, übernimmt Hella die Sorge für sie. Beide haben sich bis heute nicht verändert. Sie verachten Hella, wollen sie beherrschen.

Hella löste sich erst kürzlich aus diesem Bann. Hat gelernt, sich klar zu äußern und abzugrenzen.

Ich verfolgte im hiesigen Landgericht einen der letzten Nazi-Prozesse. Ein Jahr lang, zwei- bis dreimal wöchentlich. In einer Art Verzweiflung will ich hören, daß Verän-

derungen stattfanden. Sehe dann die alten, sich geradehaltenden Männer von damals. Wie sie in forscher, für mich abstoßender Weise ihr Verhalten begründen. Uniformierte Sätze, Stiefelworte, die weiter Würde zertreten und Gewissen. Der Teppich der Entschuldigungen ist ein stabiler, großer. Nach dem Urteil fahre ich hinter dem Polizeiwagen her, in dem der Verurteilte sitzt. Allein. Trauer erfüllt mich. Über ihn nicht. Über vertane Chancen, Härte und Erstarrung.

Hellas verschattete, verschüttete Seele streckt sich. Kommt ans Licht.
Lebt mit ihr in freundschaftlicher Annahme. Hellas Leben wird heil.

Ulrikes Märchen: Aschenputtel

Es war einmal.......Halt......So:
Wenn ich einmal sagen werde, es war einmal, dann werde ich ein Freudenfest feiern. Mit euch allen.

Meine beiden Stiefschwestern werden mit dabei sein. Sie sind dann nicht mehr blind. Sie werden einsehen, daß sie mir Leid zufügten in ihrer Eitelkeit und Habsucht. Es wird Frieden herrschen zwischen den Familienmitgliedern.
Denn mit Einsicht ist man nicht mehr blind.

Ich war Aschenputtel. Und bin noch etwas Aschenputtel. Ich mußte auf dem Boden herumkriechen, putzen, bedienen. Ich wurde schlecht behandelt. Gedemütigt. Immer wieder weggeschickt. Und war mutterseelenallein.
Doch ich wollte unbedingt leben.

In mir gibt es ein Grab. Da ist alles vergraben, was ich zum Leben gebraucht hätte: Vertrauen, Geborgenheit, Achtung.

Ich glaube, in dem Grab liegt meine gestorbene Lebensfreude.

Auf das Grab pflanzte ich, wie Aschenputtel, ein Reis. Das Geschenk des Lebens.

Mein Lebensbäumchen wurzelte. Jetzt will es großwachsen.

So gut ich kann, gieße und pflege ich es.

Die ersten Früchte habe ich schon geerntet. Keine Schattenmorellen. Rote, dunkle, süße Kirschen, die ich an meine Ohren hänge.

Als ich aus der Asche die Linsen las, wußte ich, das würde ich allein nicht schaffen. Da kamen die Vöglein. Erst zwei weiße Täubchen.

Waren es Engel? Gute Feen? Meine Seelenflügel?

Sie waren da in meinem Leben, wann immer ich Hilfe brauchte.

Dann kamen die Turteltäubchen. Weckten meine Zärtlichkeit. Dann all die bunten Vögel. Die Freuden: Blumen, Schönheiten, Gedichte.

Sie flogen weg, sie kamen wieder.

Meine Sehnsucht nach dem Fest ist groß. Tanzen, unbeschwert, ohne Trauer.

Ich werde bald Lust dazu haben. Bald wird sich meine Seele aufschwingen. Sie wird singen und tanzen. Dann bin ich mit ihr vereint. Dann gehört sie in Liebe zu mir und ich zu ihr.

Das wird meine Hoch-Zeit.

Passende Schuhe und Goldgewand habe ich schon.

Bald sage ich: Es war einmal.

Ulrike

Zwei Reihen vor mir sitzt Ulrike. In einem Vortrag über Wechseljahre. Wir kuren beide in Niederbayern.

Die Grautöne ihrer lockeren Kleidung passen gut zum kurzen, graumelierten Haar. Eine schöne Frau, die auffällt.

Zu ihrem sanften Wesen paßt ihre angenehme Zurückhaltung.

Später weiß ich, daß sie wirklich viel zurückhält. Kaum von sich erzählt.

Kaum Gefühle nach außen läßt. Beherrschung versteckt Unsicherheit.

Auf Spaziergängen erzählt sie von ihrem anstrengenden Sekretärinnenberuf.

Von ihrer unglücklichen Beziehung. Von der gesundheitlichen Angeschlagenheit, vor allem des Magens.

Ich spüre, dieser Seelenmagen verkraftet kein Leid mehr. Nur portionierte Lebens-Diät.

Ich denke, da müßte eine Mutter kommen, die dreiundfünfzigjährige kleine Ulrike an der Hand nehmen, um sie ins Land der Wärme und der bunten Vögel zu führen.

Nach der Trennung von ihrem Partner lebt Ulrike nun allein. Sie liebt den Rückzug in ihre hübsche Wohnung und in sich.

Mit Ulrike könnte ich keine Pferde stehlen. Ich weiß, daß sie das nie tun würde.

Sie braucht Klarheit, Sorgfalt. Ist zuverlässig und gewissenhaft. Und total hilfsbereit.

Diese Augen!, denke ich bei unserer ersten Begegnung. Diese großen, grauen Augen. Ihr Blick. Ich vergesse ihn nicht. Meist ernst. Etwas fragend. Leicht prüfend. Nicht mißtrauisch, doch in gehaltenem Vertrauen.

Jetzt, nach Jahren unserer Bekanntschaft, wird ihr Blick zunehmend sicherer, heiterer, strahlender.

Ihr langes Leid in kurzen Worten:

Ulrike und ihr Zwillingsbruder waren drei, als die Eltern sich trennten.

Die Kinder kamen zu Verwandten. Mit sechs Jahren ins Waisenhaus.

Strenge Behandlung und Erziehung.

Ulrikes Sorge war ihr Bruder. Um es für ihn bei den schwarzen Schwestern gut zu haben, paßte sie sich an, wurde sehr brav.

Wieder nach etlichen Jahren wurden die Geschwister getrennt.

Der Bruder lebte beim Vater.

Ulrike kam zu einer Tante. In dem Gastbetrieb erging es ihr nicht gut. Sie verwahrloste fast.

Wieder nach Jahren kam sie zurück zu ihrer Mutter, die inzwischen geheiratet hatte. Der Vater brachte zwei Halbgeschwister mit in die Familie.
Der Stiefvater blieb Ulrike fremd.
Der Kontakt zur Mutter blieb distanziert.
Ulrike, als Älteste, mußte viel arbeiten. Zu viel für ein Kind. Sie wurde nicht anerkannt, bekam wenig Zuwendung.

Heute unterstützt Ulrike ihre alte Mutter. In jeder Hinsicht. Versucht, sie vor dem aggressiven Stiefvater zu schützen.

Nach der Berufsausbildung heiratete sie, bekam einen Sohn. Den zog sie allein auf, ohne finanzielle Unterstützung ihres Ex-Mannes.
Ulrike lebte schwer. Sehr zurückgezogen. Ihre Schüchternheit trennte sie von anderen Menschen.

Kann ein sensibles Kind so eine Geschichte je verkraften, verarbeiten? Immer weggestoßen, verachtet, verlassen?

Wie kann graue Asche zu wirbelndem Wind, können schwarze Leidvögel zu Trostvögeln werden?
Wie können bei Ulrike Zäune von Perfektionismus, die ihr Halt geben, durch kleine Verrücktheiten ins Wanken geraten?

Ulrike wird hilfsbereit, weil sie selbst hilflos ist.
Sie arbeitet zuverlässig, weil sie Verläßlichkeit braucht.
Sie ist zurückhaltend, weil sie noch nicht wagt, sich in die erste Reihe zu stellen.
Sie beginnt zu verzeihen. Diesen Prozeß aus dem Kopf ins Herz zu verlagern.
Sie trägt gern Grau, weil sie weiß, daß alle Farben, die kommen werden, dazu passen.

In ihr brennt ein tiefes Feuer. Hat begonnen, sie zu wärmen und alten Schmerz zu verbrennen.
Ich sehe Phönix aus der Asche steigen.

Ilkas Märchen: Schneewittchen

Es war einmal.
Ich war einmal Schneewittchen.
Nur wußte ich es nicht.
Ich wußte nicht, daß ich Schneewittchen war.
Ich fühlte mich nie schön genug, nie reich genug, nie klug genug.
Ich tat, was Schneewittchen tat.
Umgab mich mit vielen Menschen.
Nippte an Tässchen, Tellerchen, saß auf fremden Stühlen, lag in vielen Betten.
Und war auch allein. Und wurde nie satt.

Ich war froh, wie Schneewittchen, daß es immer Zwerge gab, denen ich dienen durfte. Die kleiner waren als ich.

Wie Schneewittchen ließ ich mich verführen. Nur viel öfters.

Ich aß auch den vergifteten Apfel.

Hatte auch Glück, daß der Bissen nicht stecken blieb. Ich dann den Kragen voll hatte und mir alles bis zum Hals stand.

Scheintot, wie Schneewittchen, lag ich im Glassarg. Litt. Sah alles, hörte alles, war dabei.

Bis es mir aufstieß.

Mein Herz angestoßen wurde. Mich liebevoll rief.

Alle hilfsbereiten Zwerge der Welt, in mir und um mich, standen erwartungsvoll dabei.

Die Auferstehung war etwas mühsam. Heraus aus dem todesähnlichen Schlaf an die frische Luft der Lebendigkeit.

Ich hielt dabei mein Herz in Händen, den Goldkelch voller Zärtlichkeit.

Es war einmal.

Und weil ich nicht gestorben bin, lebe ich ab heute.

Ilka

Ilka und ich sind unzertrennliche Freundinnen.

Wir kennen uns seit Jahrzehnten. Sind im gleichen Alter und sie ist auch Single.

Ich mag Ilka. Ihren Humor. Ihr Lachen. Sie lacht gern. Laut. Scheppernd.

Sie mischt sich gern ein. Hat was zu sagen. Ist dabei manchmal zu rasch.

In ihrer Aufrichtigkeit läßt sie sich auch sagen und kritisieren.

Ilka ruht sich auf Erworbenem nicht aus. Mit Neugier will sie erfahren und lernen.

Sie wohnt in einem schönen Haus am Rand des Dorfes.

„Mein Wohnen ist wie mein Leben. Mit einem Fuß mittendrin, mit dem anderen die Möglichkeit, immer hinauszugehen."

Ilka liebt Menschen. Und alles Lebendige.

Ein bestimmtes Muster hat sie in ihren Begegnungen nicht. Sie liebt Feiern und genießt das Leben mit anderen. Dazwischen braucht sie Zeiten des Rückzugs, des Alleinseins. Meditative und kreative Pausen.

Ihr Alleinsein ist manchmal von einer gewissen Schwerlebigkeit durchzogen.

Nach den Wechseljahren nahm sie etwas zu, ist kräftig gebaut.

An Großzügigkeit und Warmherzigkeit ist sie reich. Investiert dafür Gefühle und Zeit. Sie hat was von einem lebendigen, bunten Vogel.

Ihr ganzes Leben verbrachte Ilka mit Kindern und jungen Menschen. In der Jugendarbeit, im Lehrberuf, in ihrem Engagement für Frauen.

Ihre Offenheit, Interesse und unkonventionelle Art mögen die Freunde.

Eines Tages erzählt sie mir von sich. Der Vater blieb im Krieg, die Mutter brachte sich und die vier Kinder mit Schneidern in fremden Haushalten durch.

Ilka erzählt mir von der Jugend im Internat, von ihren vielen Umwegen im Leben. Sie war nirgends zuhause. Wechselte oft Wohnorte. Brach viele Kontakte ab. War wohl immer auf der Suche nach einer Mutter.

Sie erzählt mir von einem innersten Bereich, den sie nicht auslebt.

Als Kleinkind, in den schlimmen Kriegsereignissen, war sie viel krank.

Irgendwann damals hat sie wohl beschlossen, sich selbst zu schützen. Ihre sensible Gefühlswelt nach außen abzuschotten. Eine unsichtbare Wand trug sie ein Lebenlang mit

sich herum. Eine undefinierte Isolation. Ängstlich, schüch-
tern, unsicher war sie. Ohne Vertrauen zu sich selbst. Von
außen merkte niemand etwas. Ungläubig schüttle auch ich
erst den Kopf.

Eines Tages erlebt Ilka einen Zusammenbruch. Nichts
geht mehr. Sie wird schwer krank. Tiefste Depressionen ver-
dunkeln ihre Seele. Nur langsam, mit professioneller Hilfe,
tastet sie sich an ihre unbekannte Identität heran.

Jahre später wagt sie, ihre Schutzmechanismen fallen zu
lassen. Sie sagt heute zu mir: „Was ich war, war immer
echt. Nur nicht rund. Jetzt sind Außen und Innen eine Ein-
heit. Ich bin froh und dankbar darüber. Mir gelingt ein
anderes Leben. Meistens. Ich kann und will noch so viel
dazu lernen. Vor allem Leben."

Ilka lebt nun noch bewußter. Dankbar. Reichtümer
kugeln aus ihr heraus, sobald sie angetippt werden. Und
das geschieht oft.
Jetzt im Ruhestand hat sie schon wieder neue Pläne. Ler-
nen - mit sich und anderen. Dann mal zu, liebe Ilka.

Olgas Märchen: Vielzu

Es war einmal ein sehr kleines Mädchen.

Schön anzusehen, mit langen dunklen Locken. Mit großen Augen, in denen du die Welt entdecken konntest.

In diesem Mädchen wohnte eine zarte Seele. Ungeschützt und verletzlich.

Das alles sahen seine Eltern nicht.

Das Mädchen paßte sich seinen Eltern an. Versuchte stets, ihre Liebe zu bekommen. Das gelang nicht.

Vielzu war den Eltern viel zu klein. Als sie wuchs, aß sie viel zu wenig. Sie lernte viel zu langsam sprechen.

Später machte sich die Mutter viel zu viel Sorgen um sie. Sie ließ sie viel zu wenig selbst tun.

Der Vater redete viel zu viel auf sie ein. Er erwartete viel zu viel von ihr. Er war auch viel zu streng mit ihr. Vielzu paßte sich viel zu viel an.

Eigentlich hieß das kleine Mädchen Olga. Aber bald nannten sie alle nur noch Vielzu.

Vielzu konnte es keinem recht machen. Und wollte das doch gern. Sie kaute viel zu langsam. Sie träumte viel zu lange beim Spielen. Sie erkannte viel zu wenig Leute, sie war nie höflich genug. Sie war kein Vorzeigekind.

Nur von ihrer Großmutter wurde sie geliebt. Die sah sie viel zu wenig.

Vielzu wurde viel zu schnell groß. Und wurde von der ganzen Familie kritisiert: Du bist viel zu träge, du redest viel zu viel, du widersprichst viel zu viel, du lernst viel zu schlecht.

Vielzu war nicht dumm. Nur viel zu geprägt. Über sich selbst lernte sie viel zu wenig. Eigentlich gar nichts. Sie brauchte Liebe. Deshalb strengte sie sich viel zu viel an, anderen zu gefallen.

So wurde Vielzu tatsächlich eine Vielzu.

Das geschah ganz unbemerkt von allen.

Wenn ihre Mutter kochte, war Vielzu viel zu genäschig, das Essen zu mögen. Sie nörgelte daran herum: Viel zu heiß, viel zu salzig, viel zu fad. Sie meckerte auch sonst: Viel zu viele Hausaufgaben, viel zu viel Schule, viel zu dumme Kinder.

Vielzu suchte Freundinnen, die sich ihr viel zu viel unterordneten. Da fühlte sie sich stark. Manche waren ihr viel zu langweilig, viel zu kess, viel zu frech.

Eigentlich war sie viel zu einsam.

Als sie in die Lehre kam, kam sie mit dem Lehrherrn kaum zurecht.

Der war viel zu streng, die Arbeit viel zu anstrengend, das Geld viel zu wenig.

Vielzu liebte Männer. Im Laufe des Lebens viel zu viele.

Vielzu war viel allein. Viel zu viel allein. Sie hatte zu viele Ansprüche, sie hatte zu viel Recht. Sie war viel zu rigoros. Sie hielt nur von sich selbst zu viel.

Das bemerkte sie viel zu spät. Sie fand sich in Ordnung und ihr Leben ganz normal.

Sie wurde viel zu kurzsichtig, um eine weite Sicht zu haben,

viel zu engsichtig, um Platz für Neues zu haben.

Vielzus Seele hockte im Verließ ihrer Rechtsansprüche. So war es. Und das war schlimm.

Es war eimal. Es blieb einmal.

Und wenn sie nicht Vielzu bleiben will, dann muß sie endlich Olga sein.

Olga

Olga lernte ich vor drei Jahren an der Ostsee kennen.
Beim Baden.

Ein klirrend heißer Tag, ein Extra-Strand. Und lauter
Nackedeis.

Ich will auch mal FKK ausprobieren. Mich von Wind
und Wasser sanft streicheln lassen.

Ich suche mir etwas verklemmt eine besonders hohe
Düne. Ziehe mich aus.

„Was versteckste dir denn so?" tönt es plötzlich neben
mir. Eine Alt - Tiefstimme sagt es. Die aus einer Berliner
Schnute raucht.

Eine barocke Venus kommt auf mich zu. Üppiger Busen,
großrunder Bauch, hübsches Gesicht mit Zigarette mitten
drin. Lange, gelockte Kastanienhaare.

„Zieh die Hosen aus. Wenn de dir genierst, fällste hier auf." O. k., also ungeniert.

In den kommenden Stunden reden wir ohne Unterbrechung. Quasseln.

Wahrscheinlich gehn wir auch mal ins Wasser. Wir teilen unser Essen.

Wir treffen uns jeden Tag. Ihr Name paßt zu Olga.

Alles rund. Alles groß: Das Herz, das Lachen, die Klappe, die Männerliebe. Ich erhalte kostenlosen Unterricht im Zu-meinem-Körper-Stehen, im Männer-Einschätzen.

Olga ist vierundvierzig, frühpensionierte Beamtin. Ungeklärte, psychosomatische Beschwerden führten dazu.

Sie kann alles: Kochen, Computer anschließen, Regale bauen, Stricken.

Mit ihr versumpfe ich manche Nacht.

Bei mir sucht sie Ruhe, Rat, Ausgeglichenheit.

Unsere Persönlichkeiten und Interessen könnten nicht unterschiedlicher sein.

Sie strahlt so was von Kraft aus.

Manchmal ertönt in mir ein leises Signal: Achtung, nicht zu ernst nehmen.

Doch ich nehme ernst. Dabei verstumme ich zunehmend in unseren Gesprächen. Auch später. Ich sage nicht deutlich meine Meinung. Ich nicke zu oft. Als wäre Olga ein Schwamm, der meine Stärke aufsaugt, befällt mich eine innere Lähmung, gegen die ich nichts unternehme.

Olga rutscht immer öfter in eine unangenehme Herrsch- und Kritiksucht.

In ihrer Kindheit bekam sie nie Bestätigung, erzählt sie mir. Der autoritäre Vater forderte Gehorsam, ließ keine andere Meinung gelten. Noch heute befindet sich Olga in einem unsichtbaren Kampf gegen ihn, den sie anscheinend nicht gewinnt.

Olga übernimmt Muster ihres Vaters. Vielleicht geben nur diese vertrauten Strukturen ihrer zarten Seele Halt. Wo sie auftaucht, nimmt sie das Ruder in die Hand, berät mit psychologischen und lebenspraktischen Pseudoweisheiten.

Ist Olga glücklich? Wird sie es?

Maries Märchen:
Gold-Marie und Pech-Marie

Das ist mein Märchen: Goldmarie und Pechmarie.
Ich bin beides. In mir gibt es die Goldmarie und die
Pechmarie.
Darum heiße ich auch Marie. Der Name ist meine
Geschichte und mein Programm.

Erst begegnete ich mir als Pechmarie.

Ich hatte eine Mutter, keine Stiefmutter.
Krieg, Sorgen, Not fraßen alle weiche Liebe aus
ihrem Herzen.
Traurigkeit und Nacht zogen bei ihr ein, als mein
kleiner Bruder starb.

Meine Mutter beachtete mich nicht mehr. Ich dachte, ich wäre schuld am Tod meines Bruders.
Ich übernahm früh Verantwortung für meine jüngeren Geschwister. Versuchte, die Mutter zu ersetzen.

Meine Sehnsucht war so groß. Meine Verzweiflung so grausam. Und es gab keine Mutterquelle.
Mein Herz flatterte wie ein verlorener Vogel herum. Stieß dauernd an verschlossene Fenster. Draußen war meine Freiheit. Innen alles versperrt.
Niemand sah meine Traurigkeit. Niemand wärmte mein Herz.

Ich wurde einsam.
Keiner aus meiner Familie bemerkte es.
Anfangs auch ich selbst nicht.
Meinen anderen Geschwistern schien nichts zu fehlen.

Ich wuchs heran. Auch mein Unglück wuchs. Ich war allein und verzweifelt.

Irgendwann konnte ich nicht mehr.
Ich sprang in den dunklen Brunnen. Ich suchte das Leben. So wie Pechmarie war ich nicht.
Ich arbeitete gewissenhaft und fleißig. Eines konnte ich nicht:
Mit dem leichten Schnee die Oberfläche der Welt und meines Lebens zudecken. Einfach eine unschuldige Decke darüber breiten. Weiß war bei mir immer mit roten Schmerz-Blut-Spuren durchzogen.
Ein ganzes Leben lang. Und mein Leben dauerte schon lang.
In dem Brunnen bekam ich keine Hilfe. Das Pech klebte weiter an mir.
Ich suchte. Suchte Brunnen des Lebens.

Da begegnete mir Goldmarie. In mir. Ich traf sie erst nach Jahrzehnten.

Goldmarie...... Wie hell der Name klang. Wie eine Melodie breitete er sich in mir aus.

Wertvolle Schätze entdeckte ich in mir.

Ja, eine Goldmarie, die bin ich auch. Mein Gold sind meine Erfahrungen, Künste, Gedanken, die Freude an der Schöpfung, an der Schönheit, an Weisheit und Wissen.

Meine Taschen sind voll Gold.

Ich schüttle die Betten. Mein Herz möchte Leid und Not der Welt mit sanftem, weisen Trost und Rat bedecken, leicht wie Schnee.

Ich möchte das Gold unter den Menschen verteilen. Dazu strenge ich mich sehr an.

Menschen um mich herum leiden. Ich habe eine Aufgabe. Doch ich merke: Leid wird durch mich nicht weniger.

Die Ablehnung meiner Person größer. Ich weiß nicht, warum.

Spuren der Pechmarie zeigen sich.

Sie wollen nicht meinen Schnee von gestern.

Ich spüre, Goldmarie und Pechmarie in mir sind sich fremd.

Vielleicht sollten sie einmal zusammen in den Brunnen springen. Sich da im tiefsten Inneren kennenlernen. Erfahren, daß sie zusammengehören.

Ich habe mich bisher zu wenig mit anderen Menschen beschäftigt. Was s i e wirklich brauchen, was s i e bewegt. Ich habe kaum danach gefragt. Habe sie nicht fragen lassen. Weil ich doch alles wußte.

Deshalb bin ich als Märchen noch lange nicht am Ende. Ich werde die Reise vom Ich zum Du antreten.

Pechmarie grüßt Goldmarie.
Goldmarie grüßt Pechmarie.
Nur gemeinsam werden wir stark. Und endlich glücklich.

Marie - Luise

*Marielle, oder Marie, mit Betonung auf ie. Den Doppel-
namen Marie-Luise kennen wenige. „Der klingt viel zu
großartig für mich," sagt Marie.*

*In meinen Briefen rede ich sie mit Marie-Luise an. Sie
läßt es sich gefallen,*
sie ist beides: Marielle und Marie-Luise.

*Marie, Inge und ich wandern im Nordwesten von Mal-
lorca.*
*Marie kennt alle Wege, verborgenen Schönheiten, landes-
typischen Bars.*
*Sie führt uns auf Märkte, in Badebuchten, in Museen.
Nie hätte ich so viel allein erlebt.*
Zehn Tage schaffen wir fast ohne Krach. Fast.

Marie plant, zieht uns mit. Immer Leistung, immer Qualität, immer Tiefe.

Inge kippt als erste. Will nicht mehr alles mitmachen. Sie ist eine lebenslustige Frau, möchte abends auch mal ausgehen. Marie ist dagegen. Am Balkon oder am Meer schweigend den Sonnenuntergang genießen.
Inge möchte ausschlafen.
Marie den Morgen gemeinsam mit Feng-Shui-Übungen beginnen.
Inge liebt die Natur sehr. Das unterhaltsame Nachtleben auch.

Ich bin mittendrin. Wie immer. Mag alles. Werde in meiner Versöhnlichkeit zum Puffer zwischen den Extremen. Mag keine streitenden Frauen. Mag Marie nicht keifend und Inge nicht blau.
Als Inge und ich ausgehen, ist Marie beleidigt. Wir ertragen es. Dreimal.

Marie bittet am Ende der Tage um eine gegenseitige Kritikphase. Sie bekommt am meisten zu hören. Nimmt es gelassen an. Respekt, denke ich, sie beweist Haltung.

Wer ist Marie? Wie ist Marie?
Wenn ich das nur wüßte.
In einer Ausstellung lerne ich sie kennen. Wir stehen beide als letzte vor dem gleichen Bild. Lange.
Ich, chick hergerichtet. Marie in irgendwas Kitteligem. Die langen, grauen strähnigen Haare irgendwie auf dem Kopf mit irgendeinem Tuch verschlungen.
Sollte ich über Kleidung von Marie reden, bin ich gleich fertig. Ich weiß einfach nichts. Bei ihr ist das Äußere unwichtig. Wie bei einer Katze, die immer das gleiche Fell trägt und doch jeden Tag schön und interessant aussieht.

Marie, dieses Energiebündel, dieses energetische Bündel, ist höchstens 1,50 m groß. Und total dünn. Ernährt sich v.a. von Rohkost und Waldläufen. Vierundsechzig Jahre jung. Lebhaft. Kreativ. Nochmals kreativ.

Augen und Mund immer in Bewegung.
Marie lebt bewußt allein.

Sie liest und studiert viel. Psychologie, Kunst, Germanistik.
Stets aktuell informiert. Belegt dauernd Kurse.
Braucht kaum Fernsehen und Radio. Ich kenne keinen Menschen, der so ein sicheres ästhetisches Stilgefühl hat, wie Marie.

Keine Frage, auf die Marie nicht eine Antwort wüßte.
Keine Not, aus der sie nicht herausführen könnte.
Kein Urteil, das sie nicht gerecht fällen würde.
Nur, und das ist der Haken, sie fragt nicht, ob der andere das auch möchte.
Kaum beginne ich, etwas zu erzählen, fährt sie dazwischen, führt zu Ende.
Quirlig, eifrig und voller Temperament. Darin sind wir uns ähnlich.

Marie, die Feuerwehrfrau. Mit ihrem unsichtbaren roten Kreuz. Erste Hilfe, lebensrettende Maßnahmen, Beatmung, Herzmassage. Volles Programm.
Mit dem Unterschied, daß sich ihre Opfer absolut nicht in Lebensgefahr befinden, ihre Maßnahmen nicht erwünscht sind.

Mit Marie kann ich nicht diskutieren.
Marie verschmäht die Farben meines Wohnzimmers, sie findet die Töpfe nicht in Ordnung, die ich habe. Sie will unbedingt in der zu engen Küche frühstücken, weil es hier

so viel weibliche Energie gibt. Und sie will meine Barmher-
zigkeit für einen Menschen Hitler erzwingen.

Die zärtliche, liebevolle Marie gibt es auch. Die leiden-
schaftlich gern wandert, der keine Schönheit von Himmel
und Erde entgeht. Aus blühenden und verwelkten Pflanzen
gestaltet sie Kunstwerke. Sammelt alte Fliesenstückchen
und zeigt mir die abgeschliffenen Glasteile am Strand, die
aussehen wie Perlen. Immer hat sie etwas Schönes, Selbst-
geschaffenes zu verschenken.

Das alles ist Marie. Wunderbar und verfremdet.
Fremd als Kind, mit zu viel Verantwortung für kleinere
Geschwister. Belastet vom Schuldgefühl am Tod des klei-
nen Bruders, weil die Mutter in ihrer Depression Marie
nicht mehr beachtet. Enge, Armut, keine Schönheit rund-
herum für die kleine Seele von Marie. Weder Raum noch
Zeit für Lebensatem.

Marie erlebt zwei unglückliche Ehen, hat einen Sohn,
der nicht erwachsen werden will. Nicht wird, weil seine
Mutter Angst um ihn hat. Sie umsorgt ihn, sie finanziert
ihn.
Als junge Frau wird Marie Kinderkrankenschwester,
dann Lehrerin. Geld ist immer knapp.

Warum sucht Marie meine Freundschaft? Ich weiß
doch, daß ich ihr begabungsmäßig weit unterlegen bin. Daß
ich ihr nicht geben kann, was sie bräuchte: Heile Familie,
geratene Kinder, erfüllte Sexualität. Bestätigung.

Mich faszinieren starke Frauen. Schon immer. Marie
spürt das. Sie ist eine starke Frau. Ich kann zuhören, frage
viel, bin interessiert.
Bei Marie geschieht eine unsichtbare Distanzverschie-
bung. Ganz subtil.

Sie dringt zu sehr in meinen privaten Bereich ein, was ich nicht will. Also grenze ich mich ab, artikuliere mich, was sie mir als Schwäche auslegt.

Ich habe ein Wissen um Marie: Ihre Fröhlichkeit. Ihre Lebendigkeit. Ihr Wissen. Ihr weites Herz. Ihre Weisheit.

Ich habe eine Bitte an Marie: Suche die Ursachen für dein Schicksal nicht bei anderen. Kehre zu dir heim. Werde ganz du selbst.

Ich habe eine Vision von Marie: Sie fliegt als großer bunter Vogel durch die Luft, trägt ihr Seins-Gefäß bis oben gefüllt und ruft:

Hallo, Ilsa, wann trinken wir zusammen Tee in deinem schönen Wohnzimmer?

Marthas Märchen:
Allerlei-Rauh

In einem Königreich herrschte Krieg. Jeder Bewoh-
ner sah zu, daß er sein eigenes Leben erhalten konnte.
Das prägte sie.

In dem Königreich gab es eine schöne Königstoch-
ter. Deren Mutter starb.

Mit ihr starb alles, was dem Kind Geborgenheit und
Vertrauen zum Leben geben konnte.

Als die Königstochter heranwuchs, glich sie ihrer
Mutter so sehr, daß ihr Vater sie heiraten wollte. Da
erschrak die Prinzessin.

Sie packte ihre schönsten Kleider ein und floh. Sie
kam nie mehr zurück.

Damit sie nicht erkannt würde, trug sie einen großen Mantel. Der bestand aus lauter kleinen Fellteilchen, von allen Tieren des Waldes. Deshalb nannte man sie Allerlei-Rauh.

Die Kraft dieser Tiere trug sie in sich: Etwas von der Stärke des Löwen, vom Kampfgeist des Wolfes, von der Geduld des Elefanten, von der Art der Glucke, von der Sicht der Vögel, von der List des Fuchses, von der Angst des Hasen.

In dem Mantel erkannte sie niemand.
Keiner ahnte, daß eine Königstochter darunter steckte.
Nur in diesem Mantel fühlte die Prinzessin sich sicher. Sie zog ihn nie aus.

Sie lebte im Wald, bis die Jäger eines jungen Königs sie fanden. Sie nahmen sie mit zum Schloß.
Im Schloß verrichtete sie allerlei Arbeiten: in der Küche, im Haus, im Garten. Sie machte das sehr gut.
Sie wollte nie erkannt werden.
Richtig glücklich war sie nicht. Deshalb machte sie alles selbst und immer besser, nur um etwas Anerkennung zu bekommen.

Manchmal wollte Allerlei-Rauh doch aus ihrem Mantel und dem Alltagsleben heraus.
Nur für sich. Nur allein. Sie zog dann ihre schönsten Kleider an und ging zum Königsfest.

Bis der König sie eines Tages sah. Er verliebte sich. Sie wurde seine Frau.
Den Fellmantel hob sie sich auf.
Als Erinnerung an ein Leben des Versteckens.

Manchmal schlüpfte sie hinein und zog ihn dann auch gerne wieder aus.

Sie brauchte jetzt den Allerlei-Rauh-Mantel nicht mehr.

Sie war sehr glücklich deshalb.

Jetzt konnten alle sie sehen und erkennen, wie schön sie war.

Martha

Bei Martha verbringe ich gern einen Kurzurlaub.
Sie ist Bäuerin auf einem kleinen Hof im Hessischen.
Das Dorf erinnert mich jedesmal an Spiel-Eisenbahn-Anlagen.

Als ich Martha kennenlerne, suche ich spontan ein Nachtquartier.
Ich habe die Länge der Strecke überschätzt. Und mich.
„Klar haben wir ein Bett. Kommen Sie rein." Zum Bett bekomme ich ein herzhaftes Abendessen und ein gemütliches Zimmer dazu.

Martha ist zweiundsechzig. Eine resolute lebenspraktische Frau.
Füllig. Über dem dicken Bauch ein kleiner Busen. Sie trägt keinen BH.

An ihr ist alles in Bewegung. In ihr schlägt ein großes Herz.

In zweiter Ehe heiratet sie in den Hof ein. Keine geborene Bäuerin. Aber lernfähig und praktisch. Übernimmt bald die Verantwortung. Auch für den Mann, der kränkelt.
Marthas drei Kinder aus erster Ehe sind erwachsen, haben eigene Familien.
Haben bis auf eine Tochter alle Lebens- und Beziehungsprobleme.
Martha verteidigt, bemuttert, hilft aus, hütet Enkel, gibt Geld und Ratschläge.

Mit neunzehn Jahren heiratet sie einen fast gleichaltrigen Mann, der wie sie noch im Krieg geboren wurde. Sie klammern sich aneinander, heimatlos Suchende.
Martha gelingt es eher, selbständig zu werden. Sie will etwas erreichen.
Sie setzt sich für die weitere Ausbildung ihres Mannes ein. Der gelernte Maschinenschlosser wird Techniker, dann Ingenieur.
Für die Kinder hat er wenig Zeit, hält sich von der Familie fern. Liebt seinen Sport mehr.
Martha arbeitet ganztags als Medizinische Assistentin.
Organisation ist alles, sagt sie. Sie schafft es: Haushalt, Beruf, Kinder, Mann -
alle laufen am Schnürchen.

Viel Streit gibt es, viele Vorwürfe. Nach zwanzig Jahren zerbricht die Ehe.

Martha fühlt sich gekränkt. Hatte sie nicht alles getan? Waren sie zu jung damals?

Alleinsein kann sie nicht, will sie nicht.
Nach kurzer Zeit heiratet sie wieder.

Sie bleibt die gleiche: Aktiv, planend, energisch und hilfsbereit. Alle Fäden in der Hand.

Woher hat diese Frau so viel Kraft? Sitzen wir beim Most, redet sie viel. Ich bemerke, daß s i e in diesen Gesprächen nicht vorkommt. Nicht dabei ist. Es geht um Tiere, die Krankheit des Mannes, die Enkelkinder, die Obstbäume, die eigenen Kinder, die alte Schwiegermutter.

Einmal sage ich: „Hm, das schmeckt heute besonders gut!"
Martha sieht mich an. „Willst du damit sagen, daß ich meine Gäste sonst nicht gut versorge?"
Hilfe, was ist das? Ich versuche zu beschwichtigen. Umsonst.
Bei ihr ist Angriff die beste Verteidigung. Was verteidigt sie denn?

Eines Tages ruft Martha an, ob ich nicht ein paar Tage kommen könnte.
Ich fahre hin.
„Ich hatte plötzlich Schmerzen. Aber die Ärzte konnten nichts Ernstes am Herzen finden." Sagt sie.
Behutsam versuche ich ein Gespräch.
„Martha, manchmal will ein Organ durch einen Schmerz etwas sagen.
Hast du dein Herz schon mal gefragt, ob es leidet?"
Martha sieht mich an. „Ach du, immer mit deiner Psychologie. Ich bin überarbeitet. Ein paar Tage Ruhe, dann geht es wieder. Es geht immer."

Der Panzer bleibt dicht. Ich werde still.

Irgendwann stelle ich Martha die Frage:" Du bist ein Märchen. ---Was sagst du dazu?"

Martha schweigt eine Weile. „Ach, weißt du, man kann über jedes Leben einen Roman schreiben.

Es ging mir nie ganz schlecht. Es ging mir nie ganz gut. Nie strahlend.

Ich bemühe mich, zufrieden zu sein.

Ich will keine Sterne vom Himmel holen.

Bin realistisch. Will kämpfen und bestehen.

Man wünscht sich Traumkinder, in denen man sich verwirklichen möchte.

Die Enttäuschung über sie ist die Enttäuschung über mich selbst.

Mein Traumprinz ist nie gekommen. Ich habe Pech mit meinen Männern."

Ich weiß plötzlich nicht mehr, ob Martha meine Frage beantwortet hat. Sie sagt zwar viel dazu, doch gibt sie nichts aus der Hand. Sie behält die Kontrolle.

Ich habe den Verdacht, daß Martha keine Sterne vom Himmel holen möchte, weil sie befürchtet, es könnten Hagelkörner sein.

Ich habe den Verdacht, daß Martha ihre Gefühlsträume opfert, um nicht schmerzlich enttäuscht zu werden.

Diese Martha mit ihrer unendlichen Hilfsbereitschaft und ihrem großen Herzen.

Hallo, Martha, wo bist d u ?

Anna-Marias Märchen:
Die Erdmutter

Es war, es ist, es wird sein.
Das Sein ist geworden. Es wird ewig sein.

Ich bin geworden.
Mein Sein ist geworden.
Ich bin.
Ich bin gern. Im Da-Sein dieser Welt. Im Weiterzie-
hen zu einer anderen Welt. Im Sein.
Ich liebe die Erde. Sie ermöglicht mir Leben.

Bevor ich sie liebte, gab es Kräfte zwischen Himmel
und Erde, die mein Leben eindunkelten, einengten,
mich nicht wollten.

Ich aber wollte auf die Erde. Ich wollte leben. In Fülle und Erfüllung.

Ich sah, wie wunderschön diese Erde ist.

Sah, daß ich auf ihr eine Aufgabe habe. Wußte, daß ich sie gut erfüllen würde.

Das alles sah die Große Göttin.

Die Große Mutter, von der alles Lebendige ausgeht.

Die auch die Große Erdmutter ist.

Sie sagte zu mir: Du sollst leben. Ich gebe dir den Namen Anna-Maria.

Anna, nach der Prophetin, Maria, als Mutter des Göttlichen.

Als meine Tochter wirst du eine Nachfahrin der Erdmutter sein.

So wurde ich noch einmal geboren.

Die Große Mutter führte und beschenkte mich. Rüstete mich mit Energien und Kräften aus. Legte ihre Saat in mir aus. Auch die der Lebensfreude.

Wir sind verbunden.

Sie gab mir viel mehr, als ich zum Leben brauche. Meine Aufgabe hier auf Erden ist das Weitergeben ihrer Gaben.

Ich liebe wie sie die Erde. Ich rieche sie. Ich esse ihre Früchte.

Ich leide mit der Kreatur und heilige sie.

Ich liebe die Menschen in ihr.

Mein Tun ist ein Dank an sie.

Mein Denken ist ein Tun für sie.

Ich atme ihren Lebenshauch.
Ich tanze für sie meine Freude.
Ich bete für sie mein Leben.

Wenn mein Erdenhaus nicht mehr kann, wird mein Geist weiter tanzen.

Anna-Maria

Sie radelt gerade auf ihrem silbernen Pferd zusammen mit ihrem Mann durch Main-Lande. Hinterher wird sie es Mein-Land nennen. Denn überall, wo Anna-Maria hinkommt, hinterläßt sie Spuren, nimmt andere für sich ein.

Nicht zu bremsen in ihrer Kraft und in ihrem Temperament.

Anna-Maria heißt wirklich so. Ich habe den Namen nicht geändert. Sie erlaubt es mir. Sie ist keine Frau des Verbergens.

So wie der Name klingt, so ist Anna-Maria.

Eine starke Frau.

In einem Künstlerinnen-Verbund lernen wir uns kennen.

Sie geht offen und herzlich auf mich zu. Sieht sich meine Ausstellung an.

Zwei Filzteile nimmt sie mit, um Jacken damit zu gestalten. So ist sie. Sehen, sich begeistern, Ideen weiter entwickeln, eigene Werke unbekümmert fröhlich präsentieren.
Kein Frauen-Neid. Keine Frauen-Konkurrenz.

Anna-Maria hat spät geheiratet.
Mit ihrem Mann verbindet sie viel: Glück, Tiefe, Austausch. Beide haben zwei fast erwachsene Kinder.

Sie war nicht immer die Frau, die sie heute ist. „Ich kämpfte um meine Existenzberechtigung." So sagt sie mir.
Sie siegte. Sie reifte.
Anna-Maria ist eine Frau der Tiefe und der Weite. Eine direkte Frau, mit der ich direkt in Kontakt komme.
Manchmal eckt sie mit ihrer Wahrhaftigkeit an. Wer ihre Aufrichtigkeit annimmt, kommt weiter. Ich will weiterkommen.

Anna-Maria ist eine sinnliche Frau. Liebt Farben, Natur, Schönheit.
Ihre stattliche Figur hüllt sie in fließende Gewänder, schmückt sich mit langen Ketten und Ohrgehängen.
Ihr Lachen lädt ein, mitzulachen.

Ihr künstlerischer Ausdruck ist fast ein mystischer Vorgang.
Sie holt dazu Schwemmhölzer vom Bodensee. Holz mit Geschichte, Holz mit Gestalt. Darauf bringt sie ihre feinen Webarbeiten an.
So werden Hölzer, wie Frauen, zu edlen Persönlichkeiten gewandelt. Werden das, was in ihnen steckt.

Anna-Maria ist Mutter, Gefährtin, Freundin, große Weisheits-Frau.
Findet ihren Weg, sich mit dem Einen-Lebens-Atem zu füllen.

Ich sehe sie trommeln, bauchtanzen, Innenwege beschreiten und die Welt umarmen.

Merets Märchen:
Der rot-goldene Vogel

*An dem Tag, an dem die Große Schöpferin die Tiere
schuf, wurde ich ein Vogel.*
Etwa so groß wie eine Taube.

*„Du könntest zwar eine weiße Friedenstaube sein,
aber die gibt es schon,"*
sagte die Große Schöpferin

*„Du könntest zwar eine Turteltaube sein, aber dein
Inneres ist zu tief," sagte*
die Große Schöpferin.

*„Du könntest zwar eine Nachttaube sein, aber du
bist zum Sehen bestimmt," sagte die Große Schöpferin.*

„Du könntest zwar eine bunte Taube sein, aber zum bunten Vogel bist du nicht geeignet," sagte die Große Schöpferin.

„Du sollst rot werden. Als Signal des Lebens und der Liebe.
Dich werden viele suchen, die Heilung brauchen.
Du sollst auch golden werden:
Dein Herz für den Nächsten,
dein Schnabel für die Worte,
deine Augen für den Blick.
Deine Zehen für die Erdverbundenheit,
deine Flügelspitzen als Himmelsweiser."
So wurde ich der rot-goldene Vogel.

Als ich über die Welt flog, sah ich die Haut vieler Menschen. Sie hatten eine kranke Oberfläche und wußten nicht, daß ihre eigentliche Krankheit tiefer steckte.

Ich begegnete vielen Lebewesen. Ich saß auf Schultern und in Herzen vieler Menschen.
Andere riefen nach mir, als sie mich sahen.
Mein rotes Gefieder wärmte sie, mein Gold heilte sie.

Ich konnte ziemlich gut fliegen.
Ich liebte den Blick auf die herrliche Welt.
Ich lernte meine Vogelschwestern kennen:
Die Friedenstaube lehrte mich Frieden, Versöhnung und Klarheit.
Durch die Turteltaube bekam ich meinen Mann und die Kinder.
Die Nachttaube lehrte mich Sehen in der Nacht und Durchhalten.
Fröhlichkeit und Kunst lehrte mich die bunte Taube.

So hat die Große Schöpferin mich vollkommen aus-
gestattet.

So fliege ich in die Welt und über ihre Gren-
zen.............

Meret

Mein Bruder lebt in Hannover. Gartenstadt.
Ich werde drei Wochen lang seine Katze hüten.
Auf der Hinfahrt besuche ich für einen Tag die bildlose
Dokumenta.
Bin danach müde, aufgerührt und angerührt.

Mein Bruder stellt mir noch seine Nachbarin vor, dann
ist er weg.

Die junge Frau gefällt mir.
Sie kommt, ist sofort präsent.
Kleiner als ich, etwa fünfundvierzig Jahre, mit klarem
Gesicht, sprechenden Augen, weichen Lippen. Die langen
Haare hält ein Gummi zusammen.
Ein lockeres Leinenkleid umhüllt die Figur.

„Na, wie war's in Kassel?" Sie war auch dort. Fährt immer wieder mal einen Tag hin. „Es gibt so viel zu entdecken und zu verkraften. Andere Seiten und Sichten als normalerweise in der Kunst."

Merets küntlerisches Wissen und unsere gemeinsamen Interessen geben Gesprächsstoff für manchen Abend.

Meret ist ein ruhiger Typ. Sehr offen und unkompliziert.
Von ihrer Herkunft und Kindheit weiß ich nichts.
Sie lebt ganz in der Gegenwart.

Früher war sie Hautärztin. Während des Studiums lernte sie ihren Mann kennen. Auch Mediziner.

Als die Kinder groß genug waren, ließ sie sich zur Kunsttherapeutin ausbilden. Jetzt hat sie eine kleine Praxis und arbeitet einige Stunden in einer Klinik.

„Dieses Leben erfüllt mich. Es ist genau so, wie ich es mir vorstelle und wünsche. Ich kann selbständig arbeiten. Ausstellen. Habe zudem meine Begabung zum Beruf gemacht.

Das therapeutische Malen gibt vielen Menschen einen Zugang zum Unbewußten. Schatten und Licht werden sichtbar. Ich erlebe schmerzhafte Augenblicke und Erkenntnisse. Meine Arbeit ist wichtig. Ich lerne von und mit meinen Patienten."

Ich glaube ihr. Sie verbreitet eine Atmophäre der Liebe und des Annehmens.

Sie zeigt mir den Land-Art-Pfad, den sie mit einigen Frauen gestaltete.

Von Vergänglichkeit veränderte Kunstwerke.

Meret ist echt. Sie arbeitet am liebsten mit echtem Material, z.B. Torf.

Ich sehe zwei Objektkästen: „Vogelfrauen".

„Vogelfrei 1", „Vogelfrei 2".

Gebundenheit und Freiheit thematisch umgesetzt.

Meret ist eine Frau, die sieht, spürt, erfaßt. Dann handelt.

„Eine Frau muß wissen, was sie will und was sie braucht.

Sie muß sich selbst aufmachen, dahin zu kommen. Nichts und niemand kann ihr das abnehmen oder geben.

Übernimmt sie die Verantwortung nicht, sie selbst zu sein, wird kein Angebot der Welt sie glücklich machen."

„Meret, bist du glücklich?"
„Ja, Ilsa, von ganzem Wesen."

Katrins Märchen:
Schneeweißchen und Rosenrot.

Einmal wird das Märchen wahr. Das Märchen von den zwei Schwestern in mir.

Die in meinem Haus leben. Die ich noch nicht genau kenne. Mit beiden bin ich im Gespräch.

Die beiden Schwestern gleichen den roten und weißen Rosenbäumchen, die mein Haus schmücken. Darum werden sie Schneeweißchen und Rosenrot genannt.

Schneeweißchen ist die Stillere, die Sanftere. Auch die Ältere. Sie ist gern zuhaus. Sie liebt ihre Familie. Sie kümmert sich.

Rosenrot, die Jüngere, springt schon gern mal wild umher. Sie ist sehr neugierig. Sie wollte immer schon lernen. Den Dingen auf den Grund gehen. Mit einfachen Antworten gibt sie sich nicht zufrieden.

Die beiden Kinder in meinem Märchenhaus haben einander so lieb, daß sie sich immer an den Händen halten. Sie wollen sich nie verlassen.
Wie war es denn früher mit ihnen?

Schneeweißchen liebte es, mit seiner Mutter zu reden, zu nähen, ihr zu helfen.
„Immer möchte ich schöne, gute Dinge tun." sagte es.

Rosenrot wußte noch nicht, was es einmal tun wollte.
Es träumte manchmal vom Kampf mit dem Schwert, von Abenteuern, von einem Prinzen.
Es schämte sich seiner Träume.
Morgens hatte es die Träume aber immer vergessen.

Eines Tages klopfte ein Bär an die Haustür. Alle erschraken zuerst. Sie wurden aber bald vertraut mit ihm. Führten viele Gespräche und tauschten Gefühle aus.
Keiner wußte, daß er ein verzauberter Prinz war.
An manchen Stellen seines Felles glitzerte Gold durch.
Er wurde aller Freund. Gutmütig und lieb war er.

Der Bär lag am liebsten in Schneeweißchens Nähe.

Eines Tage kam ein Pferd. Ein Wildpferd.
Das blieb gern in Rosenrots Nähe und ließ es reiten.
In Wildnis und Weite.
Rosenrot faßte Vertrauen zu dem Pferd.

Sie sprachen viel miteinander. Anders als zuhause. Leidenschaftlich, tief und zärtlich. Rosenrot kam es vor, als hätte jetzt erst sein Leben den richtigen Sinn.
Niemand ahnte, daß das wilde Pferd der verzauberte Bruder des Bären war.

Schneeweißchen schüttelte manchmal den Kopf über Rosenrot. Aber weil es die Schwester liebte, interessierte es sich für seine Wildheit.

Die beiden Schwestern gingen oft einsame Wege. Suchten Kräuter, Pilze, Beeren oder erledigten für die Mutter Einkäufe.

Einigemale begegnete ihnen ein Zwerg.
Der war boshaft und häßlich.
Obwohl er so klein war, hatte er viel Macht.

Jedesmal, wenn die beiden Schwestern vorbeikamen, befand sich der Zwerg in Lebensgefahr.
Er wütete, er war hilflos.

Schneeweißchen und Rosenrot retteten ihn einige Male. Statt eines Dankes bekamen sie nur die Wut und Verachtung des Zwerges zu spüren. Er wollte keine Hilfe. Er wollte Macht.

Und schleppte seinen Sack mit Edelsteinen wieder davon.

Die beiden Mädchen fragten sich: Was sollen wir immer mit dem Zwerg?
Er lebt nur durch unsere Hilfsbereitschaft.

Einmal überraschten sie den Zwerg im Wald. Er hatte alle seine Schätze ausgebreitet.

Die Kinder staunten und der Zwerg wurde wütend.

Da kam ihr Freund, der Bär. Mit einem Schlag erledigte er den Zwerg. Alles Schreien um sein Leben half ihm nicht.

„Dieser Zwerg hat mich verzaubert. Er hat mir all meine Schätze gestohlen. Nun kann auch mein Bruder, das wilde Pferd, endlich erlöst werden. Durch Mut."

Rosenrot wollte dies tun. Ganz allein. Es wurde eine abenteuerliche Reise.
Sie führte über Berge von Schuldgefühlen, durch Flüsse mit wilden Angstwellen, durch antwortlose Fragewüsten. Endlich fand sie das Pferd. Und es konnte erlöst werden.
Für beide begann eine herzliche Liebe.

Eine große Hochzeit fand statt. Alle lebten von den Schätzen. Von der Liebe.
Die ihnen gehörte. Die ihnen keiner mehr stahl.

Nie mehr halfen Schneeweißchen und Rosenrot einem, der es nicht wert war.
Nie mehr kamen sie sich arm und klein vor.

Es war einmal.
Weiße und rote Rosen blühen weiter. Bäume werden aus ihnen.

Nun leben viele Personen in meinem Haus.
Sie alle sind ich.

Mein Haus ist nicht mehr klein und ärmlich.
Es wurde ein Schloß, mein Lebensschloß.

Katrin

Ob ich Katrin mit meinem Schreiben gerecht werde? Ob ich sie wirklich gut genug kenne, diese kluge, kreative und zurückhaltende junge Frau? Meist fröhlich. Immer daran interessiert, mit verschiedensten Menschen ins Gespräch zu kommen. Kritisch und offen. Und immer sie selbst.

Ich wollte Katrin Rose nennen. In der ersten Fassung. Wie immer, liest sie mein Manuskript durch. Sie ist gespannt, wie ich sie beschreiben werde.
Aber sie will keinen anderen Namen. Nur ihren eigenen. Sie will nicht geschützt oder versteckt werden.

Vor einiger Zeit beschäftigte ich mich mit dem Namen Katharina. Ein großer Name, von großen Frauen der Geschichte getragen. Käthe, Kati, diese Verkleinerungsformen werden dem Namen nicht gerecht.

Katrin - ein klarer Name, ein auffordernder Klang. Eindeutigkeit.
So wie die Trägerin des Namens, die ich kenne.

Katrin befindet sich gerade in Frankreich. Zu einem Studienaufenthalt.
Wir telefonieren kurz.
„Ich brauche jetzt von dir einen persönlichen, langen Brief.
Ich fühle mich hier so fremd, und in mir auch."

Ich werde ihr schreiben. Ich habe ihr noch nie geschrieben.
Sie wohnt nur elf Kilometer von mir entfernt, wir sehen uns oft.

Katrin ist fast zwanzig Jahre jünger als ich. Sie gehört zu den jungen Frauen, die mir ihre kostbare Freundschaft schenken. Selbstverständlich und offen.

Katrin ist Magistra, hat Philosophie, Literatur und Kunst studiert.
Sie will nicht, daß ich dies erwähne. Ich will es. Habe ich doch schon oft von ihrem reichen Wissen profitiert. Das bekam sie nicht geschenkt, sondern hat es sich erworben.
Das Verteilen ihrer Reichtümer geschieht mit Herz, Bedacht und Klugheit, Bescheidenheit. Wertvolle Geschenke an andere Menschen.

Mit ihr erlebe ich staunend, wie konstruktiv Frauen unterschiedlichen Alters miteinander umgehen können.
Mit Kompetenz, Ruhe, und klarer Kritik begleitet sie meine ersten Schreibversuche.

Ich schreibe also meinen Brief.

Liebe Katrin in Paris,
ich schreibe dir gern.

Ich denke an deine kribbelige Vorfreude: Studienorte wieder sehen, alte Freunde treffen, Kunstschätze entdecken, die Leichtigkeit der Nacht spüren und die geliebte Sprache singen.

Und jetzt fühlst du dich fremd.

Ich denke für mich: Orte bleiben ziemlich gleich, Kunstschätze ebenfalls.

Die Pariser Nächte haben sich wohl verändert, die Sprache kaum.

Und du?

Ist das Lied, das du vernimmst, ein anderes geworden?

Ist das Lied, das du anstimmst, ein anderes geworden?

Suchtest du vertraute Melodien, um so wie einstmals singen zu können?

Ich kenne dich nicht mehr aus deiner Studienzeit.(Leider!)

Als wir uns im Literatur- und Textkreis trafen, warst du längst Mutter dreier prächtiger Kinder, Frau eines liebenswerten Mannes. Warst selbständig.

Du hättest gern noch viel erlebt, weiter studiert, vor deiner Ehe.

Rein äußerlich gesehen, hast du viel geschafft, viel erreicht.

Man schätzt deine journalistische Arbeit. Ich mag auch deinen Buch- und Geschichtenstil. Deine Sprache berührt mich.

Du bist eine junge Frau, die mit bewußt festen Schritten ihren Weg abschreitet.

Du fällst auf. Gehörst zur Kunst- und Intelligenzszene, auch in deinem Outfit.

Ich spüre die Einsamkeit, die du in dir trägst. Die Unruhe. Nähe erlebtest du bei deinen Eltern nicht. Alles Wissen und Verstehen heilte diese Wunde nicht. Sie geht mit dir. Du gehst in die Zukunft, deine Zukunft. Und du bist dir nicht sicher, was du hinter dir lassen kannst, und wo genau es hingehen soll.

Du bist eine jener vielen jungen Frauen um vierzig, die sich im Aufbruch befinden. Die Verantwortung für ihre Familie übernommen haben. Die sich nun in einer Wartezeit befinden, kurz vor Veränderungen. Rausgehen würden, wenn der Weg klar wäre.

Ein Kind hast du verabschiedet. Schmerzspuren sind da, auch wenn du nicht darüber redest.
In dir gibt es ein geheimes Wesen, welches dir die letzte Freiheit absprechen will. Dich immer wieder zwickt, einengt, dich enttäuscht sein läßt. Manche Schätze auf seinem Buckel wegschleppt. Eigentlich nichts mehr zu sagen hat, weil es aus der Nichtzeit stammt, der Zeit, in der du noch nicht bewußt lebtest.

Was soll dieser elende Diebeszwerg in deinem Leben? Dieser undankbare Geselle? Ich glaube daran, daß du diesen negativen Energiekiller einmal los wirst.
Nun sitzt du in Paris. Gern würde ich jetzt einen großen Milchkaffee mit dir trinken.
Du hast deine unerfüllten Wünsche und Sehnsüchte eingepackt, wolltest sie in Paris auspacken und dort lassen.
Merkst, sie geben dich nicht frei.

Liebe Katrin, wenn ich an dich denke, denke ich an Rosen.
Ich sehe große, weiße Rosen. Prächtige.

Ich sehe auch dunkelrote. Die mit erhobenem Kopf einzeln stehen.

Ich sehe auch die weiß und rosa Buschröschen, heiter wie Sommer-Seide.

Von allen hast du etwas in deinem Wesen. Auch Stacheln, die du in deiner Direktheit einsetzt. Die mich manchesmal schon stachen, mich tiefer in die Nachdenklichkeit brachten.

Von der weißen Rose hast du deine fast schüchterne Mädchenhaftigkeit, bist manchmal unsicher. Auch die Klarheit hast du von ihr. Dein Einfühlungsvermögen. Deine Zärtlichkeit. Du verstreust gern deine zarten Blütenblätter zur Freude anderer Menschen.

Wer eine weiße Rose bleiben will, bekommt leicht Schuldgefühle, möchte es allen aus Liebe recht machen.

Dein Mann liebt weiße Rosen. Sie sind ihm vertraut.

Die rote Rose bist du auch. Ihr Stiel ist dicker, stärker, die Dornen wichtiger. Stolz steht sie da. Solitär.

Die rote Rose durchblutest du mit deiner Leidenschaft. Sie will und braucht pulsierendes Leben.

Der roten Rose steht dein Mann etwas hilflos gegenüber. Wie in Fremdheit.

Die rote Rose gleicht einer Gebärmutter. Sie will neues Leben. Haben, spüren, erzeugen.

Voller Kraft steht die Rose da, stolz, den Blick in die Zukunft gerichtet.

In Leib, Seele und Geist eine Einheit.

Liebe Katrin-Rose, ich kenne beide Rosenarten an dir.

Ich weiß, in welcher von beiden du gerade drinsteckst. Ob dein Rose-Herz glüht, bis hin zu deinen sinnlichen Lippen, oder ob du leichte, weiße Blütenblätter verstreust.

Also Katrin-Röschen, wenn du in Paris an die Vergangenheit anknüpfen willst, komm zurück. Es wird dir nicht gelingen.

Wenn du in Paris weiße Rosenblätter verstreuen möchtest, hat sich die Fahrt nicht gelohnt.
Mir scheint, du bist auf der Suche nach dem neuen Rosengarten.
Ob du dafür Menschen in dich einlädst, oder ihn allein findest?

Ich weiß, daß erst mit der Entdeckung der roten Rose in dir dein Glück rund wird. Satt.
Du kannst der Rose heimlich Namen geben, mit ihr sprechen.
Ich weiß, daß sie im Moment einen Namen hat.
Nur ist sie noch nicht deine Rose. Noch gehst du durch den Garten, pflegst ihn, und suchst d i e Rose.
Sehnsucht und Angst sind Nebel, die dein Reiseziel verbergen.
Mut das Boot, das dich in deinen Rosengarten mitnimmt.

Ich weiß, du verstehst meine rosen-blumenreiche Sprache.
Ich umarme dich innig.
Viel Glück auf der Reise.
Deine Ilsa

Angelas Märchen:
Sterntaler

Es war einmal ein kleines Mädchen.
Das hatte blonde Haare und helle Augen.
Es sah alles und spürte alles. Es verstand nur wenig.

Das kleine Mädchen kannte sich in seiner Welt nicht aus. Niemand erklärte ihm etwas.
Es kannte sich auch in sich nicht aus.

Es fühlte sich allein und verlassen.

Das Mädchen war so arm, daß es kein Kämmerchen hatte, darin zu wohnen, keinen Ort und kein Herz, entspannt zu ruhen.

Es hatte keinen Halt.
Es trug nur seine Kleider auf dem Leib.
In der Hand hielt es ein Stückchen Brot.

Es hatte nur sein Leben. Aber dieses Leben war ihm vom lieben Gott geschenkt worden.
Ganz allein ging das kleine Mädchen hinaus in die große Welt.

Es begegnete ihm ein alter Mann, dem schenkte es sein Brot.
Es kamen kleine Kinder. Denen schenkte es sein Kleidchen, seinen Rock, sein Leibchen.
Zuletzt noch sein Hemdchen.

Es wurde dunkle Nacht. Das kleine Mädchen war ganz allein. Auch seine Geschenke hatten ihm keine Freunde gebracht.

Es hatte nun nichts mehr in Händen. Nichts mehr am Leib. Und sein Herz war ihm fremd.
Vorher, als es noch was hatte, war es zwar nicht reich, aber es kam gerade so durch. Die Hände hielten das Brot, sein Kleidchen war hübsch, es dachte, es könnte zufrieden sein. Es brauchte nicht viel für sein Leben.

Wie es so dastand, und nichts mehr hatte, war es nicht traurig.
Es tat ihm nicht leid, alles weggegeben zu haben.
Es fühlte auf einmal neue Freude und eine ungekannte Freiheit.

Das kleine Mädchen konnte jetzt seine Hände aufheben, wie im Gebet, um zu empfangen.

Es spürte, daß Äußerlichkeiten nicht wirklich reich machten.

Wie es also so dastand, und nichts mehr hatte, fielen auf einmal Sterne vom Himmel.

Sie fielen auf das Mädchen und in es hinein.
Viele Sterne. Große und kleine.
Manche tanzten.
Manche sahen aus wie Noten, die sich zu einem Lied zusammenfügten.
Manche bildeten ein Herz, das Liebe ausstrahlte.

Mit den Händen konnte das Mädchen die Sterne erfassen. Im Herzen spiegelten sie sich.
Aus den Augen leuchteten sie.

Mit dem Mund formte es Sternenworte. Mit der Stimme sang es Sternenlieder. Mit den Füßen tanzte es Sternentänze.

Der größte Stern aber wohnte in dem kleinen Mädchen selbst. Er strahlte warm.
Er erhellte sein Inneres, so daß es sich immer besser bei sich auskannte. Es konnte dadurch auch anderen besser leuchten.

Das kleine Mädchen wurde groß.
Es wurde eine Sternen-Frau.
Lernte Himmel und Erde kennen.
Erlebte Liebe zu sich und zu ihrem Mann. Der große Stern in ihr heilte alle Ängste.
Er schenkte ihr klare und mutige Lebenslieder.
Sie hörte nicht auf, diese Lieder zu singen.

Angela

Die junge Frau lacht mir entgegen. Im Liegestuhl, hoch-
schwanger. In ihrem verwunschenen Garten.
Bald würde sie ihr viertes Kind zur Welt bringen.
Inzwischen sind es fünf.

Ich fuhr an einem heißen Junitag herum, auf der Suche
nach einem kleinen Job. Die Adresse von Angelas Frauen-
Kunst-Schule hatte ich auf einem Plakat gelesen.
*   „Ja, ich könnte schon jemanden zur Schwangerschafts-*
vertretung gebrauchen," sagt sie und strahlt mich an.
*   Gut, ich komme.*
*   Haus und Garten strahlen übermütige Kreativität aus.*
So wie die Kinder, die da herumtoben.

Vor ein paar Wochen wurde Angela siebenunddreißig.

Anfangs sind unsere Begegnungen kurz, werden später offener und herzlich.

Bis ich endlich merke, daß Angela mich längst in ihr Herzland entführt hatte.

Jahre sind inzwischen vergangen.

Ihre private Kunst- und Musikschule führt sie kompetent. Sie will nicht abhängig vom Unterhalt eines Mannes sein.

Sie ist eine Vollblutmusikerin und Sängerin. Hat Auftritte mit Big-Band oder mit ihrer Gitarre. Sie singt Blues und Jazz. Mit heller, reiner Sopranstimme.

Manchmal hat sie den Blues. Ich entdecke ihn an ihr nach Jahren.

Angela ist Angela. Eine helle Fröhlichkeit, eine kindliche Erwartung strahlt sie aus.

Sie verfügt über die natürliche Begabung, in anderen Menschen, besonders in Kindern, kreative Eigenkraft zu entwickeln.

Ich komme nicht auf den Gedanken, daß ihre Ehe unglücklich ist.

Ihr Mann ist ein hilfsbereiter liebevoller Vater. Er kocht, versorgt rundum mit. Eigentlich ideal, so ein Mann, denke ich.

Nur die Partnerschafts-Ebene wird zur schiefen Ebene.

Angela soll keine eigenen Wege beschreiten, sich nicht in der Öffentlichkeit präsentieren.

Doch in der jungen Frau schreit alles danach, ihre Kunst, ihr Können, ihre Liebe fließen zu lassen. Ohne Erlaubnis des Mannes, ohne großzügiges Freigeben dafür. Ohne sich jedesmal besonders bei ihm zu bedanken.

Sie beginnt, sich zu nehmen, was ihr zusteht. Mit Schuldgefühlen.

Vor zwei Jahren bringt sie mir ein Ständchen zum Geburtstag. Lernt dabei eine Dichterin kennen. Sie beginnen, gemeinsame Abende zu gestalten. Der erste stand unter dem Motto: "Wenn der Himmel die Erde berührt." Wir Zuhörer waren berührt von der Klarheit und Schönheit des Abends.

Angela erzählt mir:" Ich bin von deinem Geburtstag heimgekommen, habe mich hingesetzt, meine ersten eigenen Texte geschrieben und vertont."

Seitdem ist sie also auch noch Liedermacherin.

Die Ehe wird geschieden. Angela lebt in einer neuen Liebe.

Jetzt mit Alltag, der gut läuft.

Sie steckt mitten in großen Veränderungen.

Immer wieder holen Ängste sie ein. Ist es richtig? Werde ich es schaffen?

Habe ich das Recht, mein Glück zu leben?

Das Erbe ihrer Kindheit und Jugend wacht auf. Kleinhalten und Stillhalten. Gehorsam und brav sein. Das führt dazu, daß sie nur schwer über sich selbst sprechen kann. Eigene Gefühle und Bedürfnisse verdrängt.

Es führt auch zum Hunger: möglichst viel Liebe, viel Glück, viel Kreativität, viel Familie.

Dann dieses Angstgespenst: Ich kann nichts halten, ich zerstöre mein Glück, ich mache es nicht richtig.

Angela liebt das Umherstreichen in der Natur.

Hölzer, Wurzeln, Steine und Metallstücke, die irgendwo herumstehen, interessant aussehen, schleppt sie ab und bringt sie heim.

Aus allem gestaltet sie ein Kunstwerk. In ihren Räumen, im Garten, entstehen Nischen zum Verbergen, zum Kuscheln, zum Wohlfühlen.

Einmal bewohnte sie für ein paar Tage meine Wohnung, um sich zu erholen.

Als ich zurückkam, waren sämtliche Eierbecher, Vasen und Steine zu Kerzenhaltern umgewandelt. Sie hatte mit sich gefeiert.

Ich weiß, in und um Angela sind gute Kräfte, die sie schützen, die ihr Glück und ihre Seele stabilisieren. Die sie laufen und fliegen lehren.

Ich weiß, daß sie es immer mehr erleben wird.

Eines weiß ich nicht:

Wenn ihre überflüssigen Ängste in kreative Energie verwandelt werden......

was ich dann mit Angela noch alles erleben werde...

Rosemaries Märchen: Dornröschen

Einem Elternpaar wurde einmal ein Mädchen geboren. Klein und zart.

Die Eltern ernährten es und zogen es auf.

Sonst konnten sie dem kleinen Mädchen nichts mitgeben, was es für sein Leben gebraucht hätte.

Das Mädchen wuchs heran. Sie kannte Menschen, die sie liebte.

Nur sich selbst kannte sie nicht. Nur sich selbst liebte sie nicht.

Im Turm ihres Lebens geriet sie an eine Spindel und stach sich heftig.

Das erste Mal in ihrem Leben spürte sie Schmerz.

Sie bemerkte zum erstenmal, daß in ihr Leben floß.
Sie war zu jung und unwissend, um damit etwas anfangen zu können.

So schlief alles ein. Die Eltern schliefen, die Tiere, die Pflanzen. Dornröschen schlief.

Eine Fee, oder war es ein Engel?, oder war es der liebe Gott?, hatte vorausgesagt, daß Dornröschen nicht sterben würde.
Nur schlafen. Inmitten der gewachsenen Rosenhecke. Geschützt. Im Schlaf neue Energien sammeln für das Aufwachen.

Es gab mehrere Prinzen, die Dornröschen wachküssen wollten. Es waren nie die richtigen. Sie kamen nicht durch die Rosenhecke.
Der Schlaf schützte Dornröschen vor ihnen.

Der richtige Prinz lebte nämlich in Dornröschen selbst.
Er war eines Tages bereit, sie zu suchen, sie wachzuküssen.
Er war bereit, den Kampf in Dornröschen zu übernehmen:
Gegen den Drachen der Wertlosigkeit, die Schlange der Unsicherheit, den bösen Zwerg der Kleinheit.

Dornröschen wollte sich küssen lassen. Dornröschen ließ sich küssen.

Der ganze Hofstaat um sie und in ihr freute sich mit.

Dornröschen lebte fortan als glückliche Prinzessin.
Sie hatte ihren Prinzen in sich gefunden.
Sie war zum Leben erwacht.

Rosemarie

Sie war die einzige, die auf meine Anzeige reagierte:
„Jugendliche Großmutter sucht Kinderbetreuung."
Fast zwei Jahre ging ich dreimal wöchentlich für zwei
Stunden in ihre Familie.
Rosemarie absolvierte ihre ersehnte Ausbildung zur
Heilpraktikerin. Inzwischen ist sie selbständig. Hat ihre
eigene Praxis.
Mit ihren Plänen ist sie noch längst nicht am Ende.

Als Mutter von vier schulpflichtigen Kindern, in einer
glücklichen Ehe lebend, findet sie den Weg ihrer Eigenent-
wicklung. Respekt.

Rosemarie ist eine Self-made-Frau. D.h., sie kann und
macht alles selbst: Schneidern, Brotbacken, Pesto(!!!),
Hasen- und Gänsehaltung, Garten und Beruf.

All das erfüllt sie nicht aus Pflichtgefühl.
Sie ist eine junge Frau mit Berufung. Sie folgt ihrem Ruf.
Sie beantwortet ihn: Menschen zu lieben, Gott zu lieben,
und sich selbst immer mehr.

Unsere Treffen sind von Zuneigung und Offenheit
geprägt.
Rosemarie kann mit mir lachen und weinen.
Sie weiß jedes Mal genau, wo sie steht, wie es weiter
geht, was sie freut, was sie traurig macht und ängstlich.
Sie weiß, daß Selbstentwertung und Kleinfühlen die
Negativhypothek vieler Frauen ist. Auch ihre. Das ist für
sie keine Erleichterung. Es bedeutet für sie und jede Frau
ein Gefängnis, das sie selbst öffnen muß, um frei zu werden.

Diesen Weg nach außen geht Rosemarie. Immer weiter.
Auch im Gespräch mit ihrem Mann.
Sie findet Stolpersteine und alte Fußangeln. Da gleicht
das Gehen manchmal einem Aufstieg, jeder Schritt wird
mit Bedacht gesetzt.

Rosemarie lacht und singt auf dem Weg. Geht sie auf
dem Wanderweg an meinem Haus vorbei, höre ich manch-
mal ein Lied von ihr.

Morgen wird sie vierzig. An Maria Himmelfahrt. Läßt
sich vielleicht Pflanzen segnen. Die sie für die Gesundheit
anderer einsetzt.

Sie wird in ihrem großen Garten sitzen, umgeben von
ihrer Familie, den vielen Verwandten und Freunden.
Mit ihrem klaren Gesicht und der individuellen Klei-
dung.
Eingehüllt in ihre langen Haare, die sie wie ein Schutz-
mantel umgeben.
Geburtstag am Fest der Schutzmantelmadonna.

Sie wird manchmal zu mir herüberschauen, etwas ängstlich fragend:
Fühlen sich alle wohl? Geht es allen gut? Was meinst du?

Sie wird es den Gästen nicht abnehmen, sich selbst wohl zu fühlen.
Am Abend wird sie denken und danken: Es war schön. Ich kann mir vertrauen.

Ich werde ihr am nächsten Tag am Telefon sagen: „Siehst du, nun hast du einen neuen Beweis, daß du eine starke Frau bist."
Sie wird lachen.

Den nächsten Kurs hat sie bereits hinter sich: Mit den Händen menschliche Energiepunkte aktivieren.

Ihre eigenen Energiepunkte wird sie in sich weiter aktivieren.
Wird weitergehen.
Nicht abgehoben.
Mit den Füßen auf der Erde, mit dem Kopf im Himmel.

Julias Märchen:
Stroh zu Gold

Es war einmal ein kleines Mädchen.
Das wurde sehr von seiner Mutter geliebt.
Wann immer es traurig war, nahm seine Mutter es
in die Arme, setzte es auf ihren Schoß, koste es und
sprach gut mit ihm.

Der Vater ging jeden Tag seiner Arbeit nach. Er sah
nicht gern, wie seine Frau lieb zu dem Kinde war. Doch
er konnte ihr nicht wehren.

Das kleine Mädchen bekam von seiner Mutter alles,
was es für sein Leben brauchte. Liebe, Weisheit und
gute Worte. Besonders die Worte prägten es.
Und prägten sich ein.

Eines Tages starb die Mutter.

Erst war das kleine Mädchen sehr traurig.

Doch dann erinnerte es sich an seine Mutter. Wie sie lieb war, wie sie gut war, was sie ihm sagte.

Das kleine Mädchen beschloß, dies nie zu vergessen.

Es wollte immer mit der Mutter im Herzen reden.

Es wollte die Mutter in sich leben lassen.

Das Mädchen ging von zu Hause fort. Weit fort. Es ging durch große dunkle Wälder. Lebenswälder.

Die waren manches Mal verwirrend.

Menschen, die es lieb hatte, wiesen ihm auch falsche Wege, so daß es sich verlief.

Dann sang das Mädchen. Es erfand auch fröhliche Spiele.

Das Mädchen wuchs zur jungen Frau heran.

Sie wurde sehr schön.

Viele Prinzen wollten sie heiraten.

Sie nahm einen, der besonders schön und gescheit war. Doch bald merkte sie, daß er nur ihre Schönheit begehrte und nicht sie selbst. Da wurde sie traurig.

Sie bekam keine Luft neben ihrem Mann. Da lief sie mit den beiden Kindern weg.

Nun gingen sie wieder durch Wälder. Wilde Tiere gab es. Große Bedrohungen.

Die kleine Familie war oft in Gefahr. Jedesmal erinnerte sich die junge Frau an die klugen, lieben Worte ihrer Mutter.

Sie sprach mit den Tieren, die ihr zuhörten. Ihre Worte verstanden. Worte, die wie Schlüssel zu ihren Seelen waren, die nie ausgingen.

Die Familie war arm. Und doch fröhlich.

*Einmal tauchte wieder ein Prinz auf. „Willst du
mich heiraten? Dann soll es dir und deinen Kindern
immer gut gehen."*

*„Nein. Erst will ich selbst mich und meine Kinder
ernähren können.*

Erst will ich Namenlose einen Namen haben."

*Im Juli kam die junge Frau mit den ihren zu einem
Getreidefeld. Da wurde gerade Weizen geschnitten.*

Das Stroh glänzte golden in der Sonne.

„Bauer, was macht ihr mit dem Gold-Stroh?"

*„Gold-Stroh? Das ist normales Stroh, Streu für die
Tiere."*

„Das Gold?"

„Welch ein Gold?"

„Seht doch, wie golden es aussieht."

*„Nun, dann spinne weiter. Gold! Du kannst es
haben."*

*Der Bauer nahm die Weizenfrucht und ließ das
Stroh zurück.*

*Stroh spinnen - zu Gold verwandeln - im Juli -
das war es!*

*„Ich werde mich Juli nennen. Ich werde meine Bega-
bungen und Fähigkeiten ausweiten, vermehren. Wie
beim A: Alles, Atem, Anfang.*

*Als Erinnerung setze ich das A hinter Juli. Ab heute
heiße ich Juli A. Julia.*

*Alle, die mich bei diesem Namen rufen, denken an
Hochsommer, an Ernte, an Verwandlung und Reichtum."*

Julia fing an, ihren Namen zu leben.

Stroh in Gold zu verwandeln. Sie konnte es.

Auch in Winterzeiten. Unermüdlich.

Es reichte nicht nur für ihre Familie. Sie konnte von ihrem Überfluß austeilen. Sie wurde nie mehr arm.

Denn Stroh gibt es immer. Und Verwandlung auch.

Julia

Ihren Romeo kenne ich nicht. Weiß, daß es ihn gibt. Er jünger und ziemlich gegensätzlich ist.

Julia steigt in ihren schwarzen Jaguar und ist weg.
Vorher spricht sie noch ein paar Worte mit dem Hausmeister. Läßt sich die Parkplatzabsperrung erklären, verabschiedet sich freundlich.
Schon habe ich die Spannbreite ihres Lebens und Wesens in etwa aufgezeigt.
Wer einen Jaguar fährt und mit dem Hausmeister ein interessiertes Gespräch führt, ist nicht eitel.

Julia hat für ihre Karriere hart und diszipliniert gearbeitet.
Sie war nicht immer diese reife humorvolle Sechzigerin. War in der Jugend die schöne attraktive Blondine, die Schauspielerin werden wollte, die die Männer anzog.

Sie war nicht immer die Frau der Klarheit und des Wissens.

Durchschaute allmählich Weibchenmuster und Männerabhängigkeiten.

Sie war nicht immer die Frau, die für andere Frauen kämpft, Bücher schreibt.

In denen sie sich nicht schont, offen eigene Erfahrungen darlegt.

Frauen damit in die Startlöcher zu einem eigen-selbstverantwortlichen Leben locken möchte. Zögernde vielleicht auch etwas schieben und ziehen.

Sie lebte in einer Ehe, in der sie weniger zu sagen hatte als der Mann, eine Ehe, die sie verließ. Ihre beiden Kinder zog sie dann allein auf.

Ich habe von Julia gehört. Bücher von ihr gelesen. Höre sie in einem Vortrag. Über Geld in der Partnerschaft.

Am Rednerpult steht eine mittelgroße, vollschlanke, blondgelockte Grandmadame im chicken Dunkelblauen mit weißen Revers.

Ihr Vortragsstil gefällt mir. Sachlich, mit Humor reichlich gespickt.

Nie verletzend, nie langweilig. Ich spüre ihre respekt- und achtungsvolle Grundhaltung.

Eine Wohltat des Hörens in der langen Reihe der Referate, die ich noch mitkriege. Meist von Männern gehalten.

Ganz nebenbei erwähnt sie das von ihr gegründete Frauenseminar. Sagt nicht, wo es ist. Über Umwege bekomme ich endlich Adresse und Programm. Melde mich zu einem Schreibseminar an.

In diesen „Märchen sind Frauen" geht es um meine Begegnungen mit Frauen aller Art. Diese mit Julia ist eine besondere, weil sie eine besondere Frau ist.

Die Tage des Seminars sind straff organisiert. Sieben bis acht Stunden Programm. Dazu eigenes Schreiben. Ausgehend vom kreativen Wort. Von der Wortbedeutung, von Wortfindungen. Möglichkeiten, Schreiben professionell und therapeutisch zu nutzen.

Ergänzt durch Christine, einer Karrierefrau, die Journalistin und Autorin ist, die Coaching, Technik und Verlagsvermittlung anbietet. Die beiden Frauen zeigen beispielhaft konstruktive Zusammenarbeit. Ihr lockerer geistreicher Umgang miteinander bringt mich oft zum Lachen. Ich mag das.

Herz- und Kopf-Wort-Kreations-Ausschüttungen werden kräftig stimuliert. Schleusen geöffnet.

Ich beobachte Julia. Ihr weiches, schönes Gesicht. Ihr festes Auftreten.

Ich will lernen. Bekomme vielfältige Möglichkeiten dazu. Im Gespräch wahrt sie angenehme Distanz. Führt souverän. Will keine Grenzverschiebungen. Die einzelne Frau soll selbst ihren Weg, ihren Ausdruck finden.

Julia wird oft kritisiert. Wie jede, die klar sagt, was sie denkt.

Unbequem ist.

Julias Worte werden auch geschlürft wie Lebenselexier.

Es gibt Frauen, die von einer psychologischen Veranstaltung zur nächsten reisen, sich satt essen, große Frauen zu diesem Zwecke kennenlernen wollen. Dann wieder Hunger bekommen.

Für sie ist Julia nicht die richtige. Sie verfügt zwar über Mütterlichkeit, ist aber nicht die Dauerstillerin, die hätschelt, betütelt, warmhält. Sie hat eher den Frauen etwas zu sagen, die in den Startlöchern stecken und auf den Schuß warten: „Los! Lauf! Worauf wartest du?!"

Julia verlangt für ihre Leistung, was ihr zusteht. Mit Recht.

Ich spüre meine eigene Zögerlichkeit, für Leistung angemessene Bezahlung zu verlangen. Egal, ob in ehrenamtlichen Tätigkeiten oder in meinen Ausstellungen. Dieses innere Winden: Darf ich? Soll ich? Kann ich? Dabei lebe ich längst in einer Zeit, in der Untertreibung und falsche Bescheidenheit Unarten sind, Darstellung von Unwertigkeit.

Ich mag Julia. Ihre Originalität, ihr großes Wissen, ihre liebereiche Persönlichkeit.

Ich bin nicht Julia. Ich werde nicht Julia. Habe mich vielfältig anstoßen lassen, ich zu sein. In angenehmer und unbequemer Weise. Im Wort, in der Wahrheit, in der Freiheit.

Vielleicht steht diese meine Erfahrung mit Julia schon öfters in diesen „Märchen sind Frauen": Worauf noch warten?

Cecilias Märchen:
Der verwunschene Kinder-
Garten

Es war einmal ein Mädchen. Das liebte über alles Gärten. Ganz verschiedene:

Bauerngärten, Gemüsegärten, herrliche Blumengärten, Gärten mit geheimnisvollem Abenteuer-Wildwuchs, lustige Kinder-Gärten.

Es lief darin herum. Voller Freude. Voller Übermut. Immer mit Spielgefährten. Sie erfanden die schönsten Spiele.

Einmal kam das Mädchen an eine hohe Mauer. Was war da wohl dahinter? Vielleicht ein Schloß? Vielleicht ein Zaubergarten?

Lange überlegte das Mädchen, wie es wohl hinter die Mauer gelangen könnte.

Plötzlich stand eine Hexe vor ihm.

„Nun, Kleine", sagte sie freundlich, „magst du nicht einmal in meinen Kinder-Garten kommen"?

„Ja, gern", stotterte das Mädchen vor Überraschung. Es ging mit.

Es entdeckte einen furchtbaren Kinder-Garten.

Zuerst sah es nur die schreckliche Ordnung.

Da gab es keine herunterhängenden Zweige oder Äste. Die waren gekappt oder hochgebunden. Die Hecke hätte man staubwischen können. Gemüse und Blumen trauten sich nicht anders als ordentlich da zu stehen. Spitzte irgendwo ein Ableger heraus, kam die Hacke und machte ihn weg.

Der ganze Garten war ein großes Grundstück. In lauter genau abgegrenzte Beete eingeteilt.

Auf jedem Beet war ein Kind eingepflanzt.

Das eine war ein Bäumchen mit Früchten, das andere eine Blumenstaude, ein anderes ein Beerenstrauch, daneben Gemüse in vielerlei Arten.

Alle hatten einen Daseinszweck zu erfüllen.

Unten auf der Erde könnte allerlei Lustiges vorkommen: Käfer, Schnecken, kleine Blümchen. Aber das durfte nicht sein. Sie wurden weggesammelt oder ausgerissen. Die Pflanzen hatten gerade zu stehen oder sie wurden festgebunden.

Wenn sie untereinander reden oder Geheimnisse austauschen wollten, wurden sie gemahnt oder gezüchtigt.

Wenn sie ihre Ärmchen nach Sonne oder Wolken ausstreckten, entstand unnötiger Wildwuchs. Der mußte weg.

Wenn sie sich berühren und einander Zärtlickeiten geben wollten, wurden sie auseinander gepflanzt, um mehr Nutzen zu bringen.

Dann sollten sie noch zusätzliche Nahrung aufnehmen, die nicht schmeckte und nicht natürlich war, nur damit sie mehr brachten.

Und keines der Kinder konnte weglaufen, springen oder flüchten. Sie standen ja fest in der Erde.

Bienen und Käfer als Spielgefährten wagten kaum, hier heimisch zu werden. Sie wurden totgemacht, damit keine Keime übertragen wurden. Weinen und Schreien konnten die Kinder hier auch nicht, das war in solch einem Garten nicht üblich.

Und wurde einmal ein freies, wildes Kind gesehen, das Schatten und Geborgenheit unter einem der Bäume suchte? Nein, die Kontrolle war viel zu stark. Da gab es kein Übersehen.

Übrigens gab es gar keine großen Pflanzen. Kleinhalten war aus Macht- und Erfolgsgründen wichtigstes Prinzip. Gehorsam nannte man das.

Um das große Grundstück herum lief eine Mauer. Fest. Im Boden drin und hoch.

Freunde, wie Igel, Hasen oder Hunde, schafften es nicht, da hineinzukommen und gaben bald auf.

Einsam, isoliert, festgebunden standen hier Kinder im Kinder-Garten der Hexe.

Das Mädchen, das dies alles sah, war ganz erschöpft vor lauter Entsetzen.

Es wurde sehr traurig über das Unglück all der Kinder.

Es blieb nahe am Eingang, um weglaufen zu können, falls die Hexe es auch einpflanzen wollte.

Einmal flog ein Vogel über die Mauer, als die Hexe gerade wegsah.
Er rief leise zu dem Mädchen: Hex weg! Hex weg weg! Hex weg weg weg!
Dann flog er wieder weg.

Das Mädchen überlegte: Hieß das, die Kinder weghexen? Oder die Hexe?

Als die Hexe in seine Nähe kam, sagte es: Hex weg. Hex weg.
Es half nicht.
Als es dreimal sagte: Hex weg weg weg! Zersprang die Hexe plötzlich mit einem lauten Schrei.

Der Garten!!
Im Garten wurde es auf einmal ganz lebendig. Die Kinder zogen ihre Füße aus der Erde, die Blumen blühten übermütig, Tierfreunde kamen zum Spielen, mit lautem Krach fiel die Mauer ein.

Das Mädchen war so froh! Von jenem Tag an verzauberte es alle Hexen, die böse waren, die Kinder nicht achteten und Kinder sein ließen.

Cecilia

Ich kann nicht behaupten, daß ich Cecilia sehr mochte.
Sie war meine Lehrerin, als ich etwa zehn Jahre alt war.
Sie gehörte zu den Nonnen, die richtige schwarze Kutten mit langen weißen Flügelbändern am Kopf trugen.
Es gab noch die anderen, die Laienschwestern, die unstudierten.
In blauen Gewändern, ebensolcher Kopfhülle, sahen wir sie von weitem in den Gemüsegärten des Klosters arbeiten.

Mater Cecilia war keine Mutter. Vielleicht für ihre Lieblinge.
Ich gehörte nicht dazu. Ich war evangelisch. Das war zu der Zeit an einer katholischen Schule schlimm.

Cecilia duldete kein Schwätzen. Absolute Ruhe herrschte im Raum.

Sonst kam der Stock. Ob ich bei ihr auch auf spitzen Holzscheiten knien mußte, wie später bei anderen Lehrern, weiß ich nicht mehr.

Cecilia wanderte aufrecht zwischen den Bankreihen umher.

Nichts entging ihr. Nichts duldete sie.

Nie sah ich sie lächeln.

Später nahm ich bei ihr Akkordeon- und Flötenunterricht.

Hinten am Fahrrad hing ein Anhänger mit der Quetsche drin. Ich fuhr ans andere Ende der Stadt.

Mit Grausen denke ich an den Unterricht. Stück für Stück, systematisch ging es im Heft von vorn nach hinten.

Ich sollte laut zählen. Tat es nicht. Nie. Wollte nicht. Dazu kam meine Schüchternheit. Sie bestand darauf. Umsonst.

Ich saß total verkrampft auf meinem Stuhl. Wie erstarrt. Konnte mir nichts merken. Längst saß ich im berühmten Mauseloch, nur anscheinend noch anwesend.

Enmal lief mir die Nase. Furchtbar. Hochziehen, immer wieder, kein Taschentuch da. In diesem krampfigen Schweigen die reinste Höllenqual, wäre dies nicht ein heiliger Ort gewesen.

Cecilia reichte mir ein hauchdünnes Spitzentaschentuch, durch das alles hindurchging.

Ein Jahr ging das so. Bei einem Vorspiel im Winter blieb mein C-Baß hängen.

Er war zu kalt. Ich mußte, durfte, konnte das Spiel abbrechen. Damit war die gequetschte Quetschenzeit vorbei.

Frauen können herrschen. Können ihre Macht mißbrauchen.

Gott sei Dank lernte ich später geistliche Damen kennen, die mit uns Schülerinnen Walzer tanzten, die Humor hatten. Die gute Pädagoginnen waren.

Sie alle hießen nicht Cecilia.

Ingrids Märchen:
Der Dreifuß

Es war einmal.
Auf der Straße eines Lebens durch abwechslungsrei-
che Gegenden lief einmal ein Dreifuß.

Ein Fuß hieß Hoffentlich
Ein Fuß hieß Vielleicht
Ein Fuß hieß Bestimmt.

Die drei gehörten zusammen. Die drei mochten sich
aber nicht immer.
Hoffentlich bildete sich ein, der Wichtigste zu sein,
weil er Hoffnung vermittelte.
Vielleicht war stolz auf seine Leichtigkeit. Er legte
sich nie fest.

Bestimmt dachte, er allein hätte Recht in allen Lebenslagen. Er war sich immer sicher und trat fest auf.

Hoffentlich
ging einmal spazieren. Allein. Trotzdem fröhlich. Hoffentlich hatte gerade nicht viel zu hoffen. Hoffentlich nicht lange.
Vielleicht
kam des Weges daher. Viel und leicht sprang er von Stein zu Stein und sah nach den Wolken. Vielleicht war vielleicht zu leicht, um schwer oder gar gewichtig zu sein.
Bestimmt
war auch unterwegs. Doch, bestimmt.
Feste Schritte und sicheres Auftreten zeichneten ihn aus. Bestimmt lief eben sehr bestimmt.

Hoffentlich traf Vielleicht. Vielleicht. Hoffentlich lernte hoffentlich etwas Leichtigkeit. Vielleicht legte hoffentlich etwas Oberflächlichkeit ab.

Bestimmt hielt von beiden nichts. Bestimmt wußte viel. Bestimmt. Und alles besser.
Hoffentlich wollte in Bestimmts Fußstapfen steigen. Es gelang schlecht.
Vielleicht probierte es auch. Gab gleich auf und schwebte lieber oben drüber.

Bestimmt wollte beiden helfen und dachte nach. Brauchten die beiden seine Hilfe? Hoffentlich, Vielleicht....? Bestimmt sagte: Ich geh voran. Vielleicht gehst du mit. Hoffentlich gelingt`s.

Sie probierten. Es gelang. Eine Weile.

Nur: Vielleicht wurde plötzlich so schwer!
Und Hoffentlich war nicht mehr fröhlich!
Vielleicht schwebte nicht mehr oben drüber, und für
Hoffentlich war dies kein Spaziergang mehr.

Das fiel beiden plötzlich auf.

Warum liefen sie beide denn hinter Bestimmt her?
Warum mühten sie sich so, in seine Fußstapfen zu
steigen? Nur weil er es gesagt hatte?
Nur weil er meinte, sie bräuchten seine Hilfe?

Hoffentlich und Vielleicht sprangen plötzlich aus
den vorgegebenen Spuren und gingen ihre eigenen
Wege.

Hoffentlich ging wieder spazieren.

Vielleicht sprang viel und leicht über die Steine und
schwebte etwas.

Nur Bestimmt ärgerte sich über so viel Undankbar-
keit. Das tat er bestimmt.

So merkten die drei Füße, daß sie nicht Wege und
Aufgaben der anderen übernehmen konnten. Daß jeder
von ihnen einen eigenen Weg gehen mußte.
Und daß sie doch zusammengehörten.
Der Dreifuß ging in Zukunft recht wacker durch`s
Leben.

Ingrid

Ingrid, was bist du für eine Frau? So ganz kenne ich mich mit dir noch nicht aus. Du bist stark. Aber manches Mal wundere ich mich über dich.

Oft bist du so bestimmt, weißt ganz genau, was du willst, dann wieder hoffst du auf Wunder, die nicht eintreten. Bleibst dann am Vielleicht hängen.

Immerhin ist Ingrid bald siebzig Jahre alt.

Vor drei Jahren gab sie eine Zeitungsanzeige auf: Bin Großmutter, habe einen pflegebedürftigen Mann zu versorgen und suche einen zärtlichen Partner für mich.

Diese Anzeigenabsicht verriet sie mir nicht.

Stellte mir dann eines Tages Johannes vor, mit dem sie nun zusammenlebt. Nicht die ganze Zeit. Sie pendelt zwischen ihrer alten Wohnung und der neuen hin und her. Den

114

alten Ehemann gibt es, er wurde neulich neunzig. Er wird immer lebenslustiger, sie reist mit ihm in Urlaub, sie pflegt ihn.

Und Johannes? Nun, er ist ein geduldiger Mann, der Ingrid liebt, und sich mit dem zufrieden gibt, was er bekommt.

Ingrid hat vier erwachsene Kinder. Das Erbe wurde ihnen längst ausbezahlt. Das hatte zur Folge, daß sie sich absetzten, nichts mehr mit den Eltern zu tun haben wollen. Das heißt, sie rücken im Moment etwas näher. Aus Sorge, für ein Pflegeheim etwas zahlen zu müssen. Drei von ihnen feierten sogar den Geburtstag ihres Vaters mit.

Ein Leben lang hat Ingrid geschuftet. Gedankt hat es ihr niemand. Sie hat ihren Krebs überstanden und manch psychischen Zusammenbruch.
Als Krankenschwester war sie immer berufstätig, half zusätzlich im Geschäft des Mannes, in der Kirchengemeinde.
Auch heute kümmert sie sich um Schwache.
Sie wollte es so, sie will es jetzt so.

Sie sagt mir, sie wäre nie so glücklich gewesen wie in dieser Phase. Johannes gibt ihr endlich die ersehnte Zärtlichkeit.

Ich lerne sie in einem Single-Seminar der Volkshochschule kennen.
Ein Kurs über Wert und Bewältigung des Alleinlebens.
Ich gehe hin. Lauter Frauen, zwei Männer. In der Mitte des Raumes liegen Tücher und Steine. Eine Kerze brennt. Durch einen meditativen Kreistanz sollen wir uns unserer Gefühle über das Alleinsein bewußt werden. Atemübungen sollen helfen, Spannungen abzubauen. Im Zweiergesprä-

chen tauschen wir uns aus. Ingrid und ich sitzen zusammen. Jede erzählt ihre Erfahrungen. Sie will nicht allein bleiben.

Wir sollen uns unseren Sehnsüchten und Schwierigkeiten öffnen.
Wir äußern Zweifel, ob wir am nächsten Tag noch kommen.
Seitdem brach der Kontakt zwischen Ingrid und mir nicht ab.
Sie will immer wissen, ob ich nicht endlich jemanden gefunden hätte. Ich bin längst nicht mehr auf der Suche. Ich habe so viel erfülltes Tun um mich und in mir.

Ingrid ist überzeugt, alles in ihrem Leben richtig gemacht zu haben.
Sie kann das Verhalten ihrer Kinder nicht verstehen. Sie hat sich damit abgefunden.
Ich ertappe mich dabei, daß ich ihr das nicht glaube, daß ich annehme, sie versteckt alle ihre Gefühle hinter diesem Panzer an Kraft. Ich kann mir schlecht vorstellen, daß eine Mutter nicht auf die Rückwendung ihrer Kinder hofft.

Ingrid kommt mir vor, als hätte sie drei Beine, auf denen sie steht, während andere Menschen höchstens zwei haben.
Da gibt es das Bein ihrer Bestimmtheit, mit dem sie die Hauptschritte geht. Dann gibt es das Bein der Hoffnung, daß sie mit Johannes doch noch ganzzeitlich leben kann.
Dann gibt es da noch das Bein eines Vielleicht, das unsichtbar ihre Schritte stützt, bei dem es um die Kinder und die Familien mit den Enkeln geht.

Ich wünsche Ingrid ein gutes Gehen auf den drei Beinen.

Stein-Anas Märchen:
Das alte Mütterchen

Es lebte einst ein altes Mütterchen. Sie war allein übriggeblieben.

Ihre ganze Familie war im Krieg umgekommen. Niemanden gab es mehr.

Das Mütterchen lief durch die Straßen, sammelte Steine und bemalte sie.

Damit beschenkte und erfreute sie die Kinder.

Meistens war das Mütterchen guten Mutes. Sang ihre alten Kinderlieder, redete mit Steinen, Tieren und Kindern.

Nur manches Mal, nachts, allein in ihrem Zimmer, überfiel sie eine große Traurigkeit und sie weinte. Das

Mütterchen wußte nicht, warum. Ein Vorhang hatte sich um ihre Vergangenheit gelegt.

Darum betete sie: - Lieber Gott, sag mir doch bitte, warum ich so traurig bin. Sag mir doch, warum ich so allein bin. -

Eines Tages erschien dem Mütterchen ein Engel im Traum. „Gott hat deine Bitte erhört. Du sollst heute erfahren, warum du so traurig und allein bist.

Du sollst erfahren, warum er einen Vorhang um deine Seelenerinnerung gelegt hat. Danach wirst du den Traum vergessen. Es soll dir danach wieder gut gehen."

Der Engel führte das Mütterchen in eine Kirche. Die war voller seltsamer Gestalten. Blaß waren sie. Viele stöhnten und trugen Verbände. Einzelne Menschen irrten herum und riefen Namen. Manche beugten sich über leblose Körper und weinten.
„Hier siehst du alles, was der unselige Krieg angerichtet hat," sagte der Engel.

Das Mütterchen lief die Reihen entlang. Suchte bekannte Gesichter.
Da sah sie plötzlich ihren Mann, in einer erbärmlichen Hütte in Sibirien sitzen. Nie hatte sie von seinem Schicksal erfahren. Nie war er zurückgekehrt.
Weiter ging das Mütterchen. Da sah sie ihre beiden kleinen Kinder. Den Bub und das Mädchen. Auf dem Flüchtlingsschiff in der Ostsee. Sie ertranken.
Das Mütterchen fing an zu laufen und zu schreien. Sie wollte ihre Kinder retten.

Da umfing der Engel das Mütterchen. Er hielt sie fest und schützend in seinem Arm.

„Nun weißt du, warum ein milder Vorhang deine Seele verhüllt. Weil du sonst nicht mehr glücklich leben könntest. Du liebes Mütterchen. Jetzt wird der Vorhang wieder zugezogen."

Das Mütterchen erwachte. Müde und erschöpft. Tränen flossen über ihre faltigen Wangen.

Sie wußte nicht mehr, was sie geträumt hatte.

Das Mütterchen lief wieder durch die Straßen, bemalte Steine und sang Kinderlieder.
Kurz darauf starb sie.

Stein - Ana

Stein-Ana wäre jetzt bestimmt über hundert Jahre alt.
Kurz bevor ich zur Schule kam, lernte ich sie kennen.
Wir lebten damals in einer Kleinstadt. Die Folgen des
Krieges waren überall zu sehen.
Ruinen, Schutthaufen, abgesperrtes Land wegen Minen-
gefahr.

Gleich hinter unserem Haus lag die alte Ziegelei. Unge-
nutzt. Der hohe Schornstein blieb fast erhalten. Orientie-
rung, wenn Streifzüge uns zu weit von zu Hause wegführten.
Eine alte Halle, leer, lang, ziemlich dunkel, wurde unser
Spielplatz an Regentagen. Vor allem für Versteckspiele.

Eines Regentages saß Ana im Eingang der Halle. Sie
winkte uns zu sich heran.
Nur zögernd kamen wir. Sie sah etwas unheimlich aus.

Einen langen grauen Mantel hatte sie an. Weit. Mit gro-
ßer Kapuze. Nur ihr Gesicht schaute heraus.
Diesen Mantel hatte Ana immer an. Zeitlos-Mantel von
irgendwann.
Er verhüllte sie. So wie sie uns ein Geheimnis blieb.

Ana war alt. Uralt für uns Kinder. In ihrem Gesicht gab
es keine glatte Stelle.
Falte an Falte. Ein Gebirge.
Jetzt, da ich erinnere, glaube ich, sie war schön. Auch im
Wesen.
Zu Kindern schien sie eine besondere Liebe zu haben.

Als wir bei ihr ankamen, fünf bis sechs Kinder, zeigte sie
auf ein paar flache Steine, die vor ihr lagen. Bemalt mit
Blumen und Schmetterlingen. Wunderschön. Sie bedeutete
uns, einen zu nehmen. Ja, jeder. Verlegen standen wir mit
unseren Steinen da, gingen dann dankend weg.

Zu Hause erzählte ich von unserer Begegnung mit Ana.
Meine Mutter nickte.
- Ja, ich kenne sie. Eine harmlose, liebe Alte. Etwas ver-
sponnen. Man sagt, sie wäre aus dem Osten. Mit einem
Flüchtlingstreck kam sie hier an. Sie war einmal eine feine
Dame.
Hat alles verloren. Ihre ganze Familie kam um. Das hat
sie nicht verkraftet. Weil sie selbst nicht für sich sorgen
konnte, wurde sie im Altenheim untergebracht. -

Ana war stadtbekannt. Sie gehörte dazu. Niemand
lachte sie aus, man begegnete ihr freundlich. Die sie vorher
kannten, gab es nicht mehr.
Vielleicht gab es eine Ana von früher in Ana. Das wußte
niemand.

Vielleicht vergessen, vielleicht weggeschickt, vielleicht tief verborgen um geborgen zu sein.

Ana wurde an den verschiedensten Plätzen der Stadt gesehen. Meist bei zerfallenen Häusern.
Da stand sie still, als suche sie etwas. Mit kleinen, flinken Schritten ging sie dann zur nächsten Stelle. Ihre Leichtigkeit erstaunte uns. So bewegte sich kein bedrückter Mensch, sondern ein heiterer.

Heute würde ich Ana gern fragen, ob sie die Entscheidung, in Kindlichkeit zu leben, selbst beeinflusste. Schon damals hätte sie wohl kaum darauf antworten können. Sie war so. Sie war Ana. Sie war liebenswert.
Ana holte die Steine, die sie bemalte, aus der Donau. An einer bestimmten Stelle.
Ich durfte sie einige Male begleiten.
Langsam stieg sie den Damm hinunter. Sicherte jeden Schritt. Auf einem bestimmten großen Stein, von dem aus sie sich gut bücken konnte, saß sie.
Runde, glatte Steine fischte sie heraus. Einzeln.
Wie in einem Ritual.
Der Stein wurde in die Hand genommen, angesehen. Dann bedeckte Ana ihn mit der anderen Hand und wärmte ihn. Sie sagte „spüren" dazu.
- Der Stein bleibt in meiner Hand, bis er sich wohl fühlt. Leben muß sich gut anfühlen. Gestein ist Leben. -

Sie sammelte die Steine in einem Beutel, der ihr später schwer am Arm hing.
- Ana, darf ich auch mal? -
- Ja, bücke dich nicht zu tief. -
Ich hatte eine runden, glatten Stein.
- Ana, der ist gut. -
- Gib her, damit ich ihn fühlen kann......Ja, der ist gut. -
Ich war stolz.

Das war immer so bei Ana. Nie fühlte man sich klein oder unwert.

- Weißt du, nicht nur ich weiß, wann der Stein sich wohl fühlt. Er weiß das auch.

Keiner hat mich bis jetzt verletzt.

Wie eine Haut ist seine Oberfläche.

Befreundet sich mit meiner. Läßt mich eigene Unebenheiten spüren.

Er erzählt mir auch seine Lebensgeschichte. Als hätten meine Hände Ohren.

Seine Furchen sind Falten.

Hand und Stein werden eins.

Schmiegen ihre Gesichter um- und ineinander.

Beide haben Urzeiten in sich. -

Nie hatte ich Ana so viel reden hören.

Auf dem Heimweg sang Ana. Meistens sang sie, wenn sie ging. Wiegende Melodien.

Wie Kinderlieder. Den Text verstand man nicht. Es reichte, daß er in Ana war.

Ich lief schweigend neben ihr.

Es gab Zeiten, da war ich lieber bei Ana, als bei den anderen Kindern.

Einmal überraschte uns ein Regen. Es wurde kalt.

- Hier, nimm meinen Schal. - Ich wickelte ihn um.

Als ich Ana ein paar Wochen später suchte, fand ich sie nicht. Sie kam nicht mehr.

Ein paar Kinder gingen mit mir zum Altenheim.

Nein, Ana wäre nicht da, erfuhren wir.

Jedesmal bekamen wir diese Antwort.

Ich vermißte Ana. Ich war traurig.

Ein bemalter Stein und ein alter Schal erinnern, daß es Ana gab.

Und meine Liebe zu Steinen.

Emmas Märchen:
Das Mädchen im Wald

Es fuhr einmal ein armes Dienstmädchen mit seiner Herrschaft durch den Wald.

Da kamen Räuber aus dem Dickicht hervor und ermordeten, wen sie fanden.

Alle kamen um, bis auf das Mädchen. Das war vor Angst aus dem Wagen gesprungen und hatte sich hinter einem Baum verborgen.

Wie die Räuber nun mit ihrer Beute fort waren, sah es das ganze Unglück und weinte bitterlich.

„Was soll ich armes Mädchen nun anfangen, ich weiß mich nicht aus dem Wald herauszufinden, keine Menschenseele wohnt darin, ich muß gewiß jämmerlich verhungern."

Es ging herum, suchte einen Weg, konnte aber keinen finden. Als es Abend war, setzte es sich unter einen Baum, befahl sich Gott und wollte sitzenbleiben und nicht weggehen, möchte geschehen, was immer wollte.

Als es aber eine Weile da gesessen hatte, kam ein weißes Täubchen zu ihm geflogen und hatte ein kleines goldenes Schlüsselchen im Schnabel.

Das Schlüsselchen legte es ihm in die Hand und sprach: „Siehst du dort den großen Baum, daran ist ein kleines Schloß, das schließ mit dem Schlüsselchen auf, so wirst du Speise genug finden und keinen Hunger mehr leiden."

Das Mädchen schloß auf und fand Speise, Kleidung, ein Bettchen.

Jedesmal, wenn es in Zukunft mit dem Schlüsselchen aufsperrte, fand es, was es brauchte, was immer es benötigte.

Das Mädchen hing sich das goldene Schlüsselchen um den Hals, ganz nahe am Herzen.

Es spürte das Schlüsselchen. Es fühlte sich sicher. Es war, als spürte es mit dem Schlüsselchen sich selbst. Endlich. Das war ein schönes Gefühl.

Es kam vor, da wußte das Mädchen nicht genau, was es sich wünschte.

Dann sprach es mit dem weißen Täubchen und bekam Klarheit.

Das Mädchen stellte sich in Zukunft allen Herausforderungen, die ihm in dem Wald begegneten.

So lebte das Mädchen glücklich und ohne Furcht im Wald seines kommenden Lebens.

Emma

Ich besuchte Emma kürzlich im Seniorenheim, in dem sie seit einigen Monaten lebt. Es geht ihr gut, sie fühlt sich wohl.

Sie wurde ziemlich unternehmungslustig. Ihre Mitbewohner schätzen sie.

Ich lernte Emma kennen, als sie noch auf dem Dorf wohnte.

An einem Wintertag. Ein grauer. Nicht einer dieser klirrenden, von Sonne durchstrahlten.

Emma lief vorsichtig am Straßenrand. Im Gehen schob sie einen Fuß vor, zog den anderen nach. Hinterließ Schleifspuren, die schnell verschwanden.

Ich fuhr sie zu dem Haus, in dem sie wohnte. Später erledigten wir auch manchmal größere Einkäufe für sie.

Emma wohnte in einem alten Haus. Oben. Unten links ein junges Ehepaar, rechts eine Familie mit zwei Kindern, einem Säugling und einem Kindergartenkind.

Emma zog sich immer unten an der Treppe die Schuhe aus.

So brauchte sie weniger oft zu putzen. Außer ihr ging niemand diese Treppe hoch.

Langsam, leise stieg sie Stufe für Stufe. Niemand sollte sie hören. Sie mochte keinem begegnen. Mochte nicht gefragt werden: Wie geht`s? Wollte, sollte denn jemand wirklich wissen, wie es ihr ging? Das glaubte sie nicht.

Emma pflegte damals keine Kontakte.

Ihr Schlafzimmer lag genau über dem Kinderzimmer. Nachts mußte sie zwei-dreimal zur Toilette. Die Dielen waren alt. Emma hielt eine genaue Schrittfolge ein, vermied knarzende Bretter. Nur leise sein.

Selten läutete das Telefon. Höchstens, wenn ihre Söhne anriefen.

-Mutter, brauchst du was?- Emma brauchte nie etwas.

-Mutter, geht`s dir gut?- Emma ging es immer gut.

-Mutter, du verstehst, wenn wir am Sonntag nicht kommen...- Emma verstand immer.

So hatte sie ein Leben lang gelebt. Ihren Franz hatte sie damals schnell geheiratet, weil ein Kind unterwegs war. Er hatte mal auf den Tisch gehauen, sie solle mal mit ihm streiten, mal reden, er wüßte gar nicht, was in ihr vorginge. Emma hatte ihn nicht verstanden.

In ihrer Jugend war sie immer heimlich neidisch auf ihre Freundinnen, die so eine erotische Ausstrahlung hatten. Zu ihr sagten Männer nur: Du bist nett.

Im letzten Jahr dann, nach ihrem siebzigsten Geburtstag, hatte sie ihr Leisesein satt.

Ganz langsam begann es.

Anfangs spürte sie kleine Aggressionen, später Zorn. Was mache ich mit mir? Was lasse ich andere mit mir machen?

Sie erzählte mir von einem Abend. Unruhig ging sie auf und ab. Ballte ihre Fäuste. Drückte sie immer wieder. Da fing unten das Kind an zu weinen.

Emma drehte automatisch den Fernseher leise. Nein, dann wieder normal.

So fing es an.

Sie entdeckte die festen, weichen Hausschuhe vom letzten Weihnachtsfest. Nie hatte sie die angezogen. In dieser Nacht zog sie die Fußwärmer an.

Am nächsten Tag sprach die junge Frau von unten sie an. -Ich war so froh, als ich Sie heute Nacht hörte. Mein Kind ist krank und mein Mann weg. Sie haben mich beruhigt, ich wußte, Sie sind da.-

Emma staunte.

Als dann noch der Sohn anrief, und fragte - Mutter, was kochst du denn am Sonntag?- Da sagte sie: -Gar nichts, Ich habe am Sonntag keine Zeit.-

Sie verabredete sich mit einer Freundin, die erstaunt war, von ihr zu hören.

Emma fand Gefallen an diesen kleinen Mutschritten. Sie wunderte sich über sich selbst.

Noch vor ein paar Tagen hatte sie die alten Obstbäume vor ihrem Fenster betrachtet. Fühlte sich wie die alten kleinen Früchte, die noch dranhingen. Vertrocknet, ohne Leben.

Sie hatte sich weggedreht, ihre Fäuste geballt, die Hände aneinander gedrückt, ihre Kraft gespürt.

Am nächsten Tag ging Emma wieder zum Einkaufen.

Vor ihr stand ein junger Mann. Der bat eine andere alte Frau, ihm Geld zu wechseln, für den Einkaufswagen. Diese Frau sah schlecht.

Da suchte sich der junge Mann selbst das Wechselgeld aus ihrer Börse.

Emma beobachtete, wie er dabei drei Hundert-Euro-Scheine herausnahm, sie in seiner Tasche verschwinden lassen wollte.

Da schlug Emma ihren Stock auf seine Hand. Rasch, ohne zu überlegen.

Die Börse der alten Frau fiel zu Boden, dazu die entwendeten Geldscheine.

Der junge Mann schrie auf. „Sind Sie verrückt?"

Der Geschäftsführer kam. Emma erklärte den Vorfall.

Der junge Mann wurde angezeigt.

Die alte Frau war gar nicht mitgekommen. Emma stand am nächsten Tag in der Zeitung.

Den Heimweg vergaß Emma nicht. Trotz des grauen Wetters kam es ihr vor, als wäre es heller als tags zuvor.

Vor der Haustür stand ein Wagen. Beide Söhne saßen drin. Sie gingen mit in die Wohnung. Alle drei ließen die Schuhe an. Keiner redete.

Beim Teetrinken fragte Emma: „Was wollt ihr eigentlich?"

„Dich besuchen....Gucken wie`s dir geht...."

„Gut geht`s mir. Aber nicht gut genug. Deshalb habe ich heute Nacht viel nachgedacht und beschlossen, in ein Seniorenheim zu gehen.

Ich möchte Menschen um mich haben, mehr Abwechslung und teilweise versorgt werden."

„Mutter, weißt du, was das kostet?"

„Klar. Ich weiß auch, daß ihr bisher von meinem Geld profitiert habt. Jetzt wird es für meinen Aufenthalt eingesetzt.

So, nun grüßt euere Frauen. Auf Wiedersehen." Wortlos, sprachlos gingen die beiden Männer.

Der neue Mut strengte an. Emma ruhte sich aus.

Holte dann das Telefonbuch.

Den ganzen nächsten Tag war sie beschäftigt, Adressen verschiedener Heime herauszusuchen, anzurufen, Besichtigungstermine zu vereinbaren.

Bei ihrer Erzählung lächelte sie spitzbübisch. Wie eine, die ein Abenteuer erlebt hatte.

„Es ist schön, selbst zu leben." Die Freude konnte ich Emma ansehen.

Theresas Märchen:
Das Muttergottes-Gläschen

Es war einmal eine alte, sehr alte Frau. Mit grauen Haaren.

Mit vielen Falten im Gesicht. Die Nase war lang. Die Augen schauten klug und liebevoll in die Welt.

Ein großes, dunkelblaues Tuch hüllte ihre Gestalt ein.

Die alte Frau hatte schöne Hände. Die Adern sahen aus wie Bäche und Flüsse.

Die dunklen Flecken wie Inseln. Die Haut spannte sich wie ein durchsichtiger Himmel darüber.

Die alte Frau war keine normale alte Frau. Sie war eine Fee, die dem lieben Gott half.

Er schuf Blumen, die zu Mädchen wurden.
Da gab es z.B. die Rose, die Margerita, die Viola.

Die Fee hatte die Aufgabe, den Blumen Eigenschaften zu geben. Wie Schönheit, Klugheit, Duft, Stacheligkeit.

Ein Blümchen, das der liebe Gott wachsen ließ, war die Feldwinde oder Ackerwinde. Es wuchs an Gräsern oder Sträuchern hoch. An Feldrändern.
Hielt sich fest, indem sein Stiel sich um die Stengel wand. Es war ein weißes Blümchen mit zarten, roten Streifen. Wunderschön anzusehen.
Es sah ein wenig seiner großen, stolzen Schwester, der Lilie ähnlich. Aber nur äußerlich.

Die alte Frau, die eine Fee war, sah lange auf das schöne Blümchen.
„Welche Eigenschaften gebe ich dir?"

Sie strich mit den Händen ganz sanft und liebevoll über das weiße Blümchen. Die Sanftheit ihrer Hände übertrug sich auf die Blüte.
Und ein Teil ihrer Kraft auch.
Und weil sie eine Feldwinde oder Ackerwinde war, lag in ihr schon immer ein großes Wissen um die Natur.
„Du liebe Blüte sollst auch in der Natur leben. Sollst in deinem Erdenleben ihre Früchte und Schönheiten kennen lernen. Dein Herz daran sättigen."

Nun geschah es, daß die Muttergottes des Weges kam.
Sie sagte zu der Fee: „ Ich bin müd und durstig. Gib mir ein Glas Wein."

„Gerne," sagte die Fee. „Nur habe ich kein Glas, worin ich dir den Wein geben könnte."

Da brach die Muttergottes ein Windenblütchen ab, das einem Glase sehr ähnlich sah, und reichte es der Fee.

Sie füllte es mit Wein, und die Muttergottes trank ihn.

Seitdem heißt das Blümchen Muttergottesgläschen.

Aus dem weißen Blümchen mit seinen roten Liebesstreifen tranken noch viele Menschen.

Sie erquickten sich an dem sanften und guten Getränk.

Das Muttergottesgläschen wurde sehr dankbar, daß sein Leben so bedeutungsvoll geworden war.

So reich. Für sich und andere.

Es schaute in den Himmel und spürte den Acker unter sich.

Von beiden Seiten floß ihm Kraft zu.

Das Muttergottesgläschen war einfach glücklich.

Therese

Ich spreche ihren Namen laut aus. Mehrmals. Er klingt mir wie eine sanfte Melodie. Ich singe den Namen fast.

Therese. Nicht Therres, oder Therees, wie in manchen Dialekten verfremdet. Das kleine e am Schluß gehört unbedingt dazu. Ebenso wie das entschiedene Th am Anfang. Mit dem e + r danach werde ich an terra, die Erde erinnert.

Das rese hat was von Rose.

Therese, ein festes, sanftes Wort.

Therese, eine entschiedene, sanfte Frau.

Wer sagt, daß starke Frauen nicht sanft sein können?

Es gibt sie, die angeklebte, heuchlerische Demut. Die schwebenden, schleichenden Frauenwesen, über deren Lippen kein Schimpfwort, kein Fluch, kein Gefühlsausbruch je kam. Die sich rein und gut dünken. Die in Wirklichkeit hochmütig und stolz sind.

Diese Frauen meine ich nicht. Über die will ich gar nicht schreiben. Aber ich kenne sie auch.

Nein. Ich meine eine Stärke und Sanftheit, die es selten gibt. Die echt ist. Leise und verborgen. Wunderschön, wenn sie entdeckt wird.

Ich entdecke Therese für mich.

Das ist nicht schwer, denn ich sitze tagelang neben ihr. Während einer Fortbildung.

Sie ist achtundfünfzig Jahre, arbeitet als Betagtenbetreuerin.

In Deutschland Altenpflege genannt, was viel härter in meinen Ohren klingt.

Therese ist einen Meter fünfundfünfzig groß, hat kurze, dunkle Haare. Sie trägt gern Röcke, in die sie die Blusen steckt.

Ihre Augen sind Fenster, in die man vertrauensvoll hinein- und heraussehen kann. Der Schweizer Dialekt trägt ihre Stimm-Melodie.

Therese nimmt sensibel wahr, was um sie herum geschieht. Sie spürt meine Freude, meine Traurigkeit, schenkt mir ihre Nähe und Umarmung.

Therese wurde von Männern gern falsch eingeschätzt.

Ihre bescheidene und zurückhaltende Art führte zunächst dazu, daß sie sich nicht wichtig genug nahm.

Interessante Beziehungen erlebte sie.

Auch Abschiede und Todesfälle.

Drei Kinder von unterschiedlichen Partnern sind ihr großes Glück.

Das jüngste Töchterchen kam, als sie sechsundvierzig war. Ein Wunschkind.

Therese kämpfte sich durch, mit ihren Kindern. Viel Leid verschloß sie in sich.

Jetzt erst, allmählich, kommt es zur Aufarbeitung. Sie jammert nicht. Sie ist stark in ihrer eigenen Stärke. Stark im Lieben, stark im Dasein.

Immer wieder frage ich mich: Wo kommt diese Fröhlichkeit her? Diese Ausstrahlung?

Bei ihr achte ich besonders auf die leisen Signale, Gesten, Worte.

Sie weckt niemals Helfersyndrome. Ihre Festigkeit und Klarheit sind souverän.

Auch von ihren Träumen erfahre ich. Eigentlich sind es keine Träume. Es sind Pläne. Irgendwann wird sie auf einem Hof, in schöner Natur, als Selbstversorgerin leben.

Ohne laute, große Worte spricht Therese. Gibt mir das Gefühl von Zuneigung, von Wertschätzung. Nach bereits zwei Tagen die Vertrautheit längeren Kennens.

Sie wird ihr Leben aufschreiben. Lebens- und Liebenswertes wird lesenswert.

Sie wird ihr Leben in sanfte und zärtliche Worte hüllen.

Ich freue mich darauf, Therese.

Andreas Märchen:
Wanderschaft und Wandlung
des kleinen Sternchens

Es war einmal.
Die Erde war nicht mehr ganz wüst und leer.
Sie hatte schon Formen.
Erde und Wasser waren getrennt. Es gab Morgen und Abend.
Tiere und Pflanzen. Nur der Mensch fehlte noch.

In dieser Zeit konnten die Schöpflinge sich noch entscheiden, was sie gern wären. Gott erlaubte ihnen, ihre Gestalt zu wechseln.

Der Nachthimmel stand über der Erde. Dunkel, weit. Von unzähligen Sternen erleuchtet.

Gar nicht weit vom Mond gab es ein kleines Stern-
chen.
Es strahlte, es schien, es funkelte vor Übermut und
Daseinsfreude.
Der Mond schaute ihm freundlich zu.
„Du, Sternchen, ich werde dich im Auge behalten. Du
gehörst zu all dem Großen hier dazu. Du bist ein Teil der
ganzen Schöpfung. Ein wichtiges und besonderes."

Das Sternchen lachte ihm zu.
„Gut, Mond. Das ist gut. Ich werde immer daran
denken. Du Frauen-Kinder-Meiner-Mond. Ich werde
vieles ausprobieren."

Das Sternchen brauchte sich nur einen Verwand-
lungswunsch auszudenken, schon war er erfüllt.
„Ich möchte eine Espe sein."
Schon stand es als Bäumchen am Waldrand. Den
Wind fing es auf, so schützte es kleinere Bäumchen.
Die Blätter waren immer in Bewegung, weil es so viel
spürte. Die Wurzeln griffen in die Erde, sich festzuhal-
ten und zu ernähren.

Nach einiger Zeit sagte das Sternchen:
„Ich möchte nicht mehr nur an einer Stelle stehen,
ich möchte ein Vogel sein."
Schon war es ein Rotkehlchen. Das flog und hüpfte
ganz leicht durch die Luft.
Es sah Wiesen, Felder, Flüsse unter sich. Und es
sang so herrliche Lieder, daß die anderen Vögel alle
zuhörten. Es wurde ganz berauscht von seiner fliegen-
den Leichtigkeit.

Nach einiger Zeit sagte das Sternchen:
„Nun möchte ich nicht mehr nur so leicht fliegen. Ich
möchte eine Blume sein"

Und schon war das Sternchen eine Sonnenblume.

Die stand prächtig da. Auf hohem Stiel. Leuchtete weit. Redete mit der Sonne. Wandte ihr das Gesicht zu. Bekam Wärme und Helligkeit.

Und die Vöglein konnten sich an ihren Sonnenblumenkernen laben.

Als die ausgepickt waren, sagte das Sternchen:

„Ich will nun keine Sonnenblume mehr sein. Ich möchte ein Schmetterling sein."

Und schon flatterte es als Pfauenauge von Blume zu Blume. Fand sich selbst wunderschön.

Es konnte Nektar trinken, so viel es wollte. Sah und staunte über die Schönheit vieler Blumen. War immer in Bewegung, flatterte und flatterte.

„Ich will nun nicht mehr flattern. Ich möchte fließend mich fortbewegen."

Schon war das Sternchen ein Bach. Als helles und reines Wasser hüpfte es fröhlich über große und kleine Steine. Mal zog es einen großen Bogen, mal strudelte es in kleinen Kreisen. Durch fremde Landschaften zog der Bach.

Sah dabei munteren Fischen zu und sang dabei.

Eines Tages floß das Bächlein in einen großen Fluß. Erst fühlte es sich wohl darin. Aufgenommen und aufgehoben. Es brauchte gar nichts mehr selbst zu tun.

Nur mitschwimmen.

Das gefiel ihm bald nicht so gut.

„Lieber Mond", sagte es zu seinem Beschützer. „Ich weiß gar nicht mehr so recht, wer ich bin. Ich habe meine Konturen verloren. Kannst du mich nicht rausholen? Am liebsten wäre ich wieder ein Stern."

Der Mond nickte. Er setzte seine Gezeiten ein. Die auch Meere verändern. Das Bächlein wurde zu einer großen Wolke.

„Nun bist du dem Ort deines Ursprungs schon näher", sagte der Mond. „Ich werde den Frost schikken, der kann dich in einen Eisstern verwandeln. Die Sonne wird dir wieder Licht und Wärme geben. Und ich ziehe dich nahe zu mir."

„Wunderbar", sagte das Sternchen. Und war sehr glücklich, als es endlich daheim war.

Es hatte so viel erlebt auf seiner Wanderschaft.

Es hatte so viel durchlebt in seinen Verwandlungen. Das trug das Sternchen in seinem Herzen als seinen eigenen Schatz.

Als Gott dann die Menschen erschuf, nahm er auch das Sternchen.

Er machte aus ihm eine wunderschöne Sternenfrau.

Das Herz, voller Natur, voller Liebe, voller Erfahrungen, das hat er ihr gelassen.

Das strahlt noch heute.

Andrea

Aus Brasilien kommt ein Brief von ihr.

Dort verbringt sie ein Jahr in einem Projekt für Straßen-
kinder.

„Dein Brief hat mich gefreut. Du erzählst viel von dem,
was du tust. Es interessiert mich. Aber...Wo bist d u bei all
dem?".......

Ich stutze. Komme immer wieder auf diese Briefstelle
zurück. Was meint sie damit? Wo bin i c h ? Ich habe keine
Ahnung. Mich gibt es nur im Tun.

Mich gibt es nur in anderen.

Aber Andrea hat einen Haken gesetzt. Ich hänge wie ein
Fisch im Trockenen an der Angel.

Fühle mich nicht gut dabei. Komme nicht weiter.

Auslöser späterer Neuentwicklung. Die lange dauert.

Aber kam. Gott sei Dank. Das war vor zwölf Jahren.

Heute wünsche ich jedem Menschen einen anderen Menschen, der solch eine Frage stellt, die zum Aufwachen führt.

Andrea ist siebenunddreißig. Ich sechzig. Sie ist meine Nichte.
Verwandtschaft, für die ich dankbar bin.
Sie ist eine junge Frau, die ich achte und schätze. Herzliche Zuneigung verbindet uns. Ich weiß, daß ich ihr wichtig bin. So wie sie mir.

Andrea wird von ihrer Mutter als drittes Kind geboren. Ein Frühchen. Mit allem, was dazu gehört: Brutkasten, Überlastung der Eltern, Krankheitsanfälligkeit.
Sie bringt einen starken Lebenswillen, eine heitere Lebensbejahung mit.
Die beiden A im Namen expandieren, breiten sich in ihrem Leben aus.

Andrea ist eine große, schlanke Frau. Mit kurzen, blonden Haaren.
Uneitel, mit natürlichem Charme.
An ihr entdecke ich alle Kleidungsstile: Salopp, chick, mit und ohne Schmuck. Naturfasern bevorzugt sie.
Was sie anfängt, wird gut. In ihrer Familie, mit den Kindern. Im Beruf.
Sie leistet vollen Einsatz.
Sie läuft barfuß, geht nackt baden, kriecht in Höhlen herum, wandert in Einöden, liest leidenschaftlich gern, kocht gut, ißt nur Bio-Lebensmittel.

Ihre Hände voller Zärtlichkeit können fest zupacken.
Ganz natürlich verbindet sie vier Generationen miteinander im Alltag.

Andrea lebt ihre berufliche Kompetenz eher unauffällig, doch in unübersehbarer Präsenz.

Sie leitet ein Frauenhaus in Bayern.
Hochschwanger, dann mit Baby, absolviert sie ihr betriebswirtschaftliches Zusatzstudium.
Manchmal zeigen sich Symptome leichter Unsicherheit. Werden weniger.

Andrea freut sich, wenn Menschen sie schön finden, gut mit ihr zurechtkommen.
Lieber als im Streit lebt sie in Harmonie.
Sie ist klug genug, passende Zeitpunkte abzuwarten, an denen sie ihre Kritik äußern kann. Ausweichen, Vertuschen mag sie nicht.

Ich weiß bei ihr, woran ich bin. Das gleiche sucht sie in Achtsamkeit bei mir.

Wir wandern tagelang durch einsame Gegenden Norwegens.
Sie hilft mir bei Umzügen, wir feiern gern, ich schätze ihren Freundeskreis.

Altersunterschiede sind unwichtig. Weniger w a s, mehr w i e etwas geschieht, hat Bedeutung.
Vor drei Jahren übernahm ich die Patenschaft für ihr zweites Kind, ein Töchterchen. Lea.
In dem kleinen Mädchen scheinen Eigenschaften der Mutter weiterzuleben:
Heiterkeit, Tatendrang, Selbständigkeit, Vorreiterrolle.

Nur weiter so, ihr zwei starken Frauen.